时文
精粹

SHIWEN
JINGCUI

时文精粹 SHIWEN JINGCUI

# 把生活过成最美的诗句

叶浅韵◎著

煤炭工业出版社
·北 京·

**图书在版编目（CIP）数据**

把生活过成最美的诗句 / 叶浅韵著. -- 北京：煤炭工业出版社，2016（2023.1 重印）
（时文精粹 / 陈勇，吴军主编）
ISBN 978-7-5020-5232-4

Ⅰ.①把… Ⅱ.①叶… Ⅲ.①散文集—中国—当代 Ⅳ.①I267

中国版本图书馆 CIP 数据核字（2016）第 053738 号

**把生活过成最美的诗句**

---

**著　　者**　叶浅韵
**丛书主编**　陈　勇　吴　军
**责任编辑**　马明仁
**封面设计**　宋双成

**出版发行**　煤炭工业出版社（北京市朝阳区芍药居 35 号　100029）
**电　　话**　010-84657898（总编室）
　　　　　010-64018321（发行部）　010-84657880（读者服务部）
**电子信箱**　cciph612@126.com
**网　　址**　www.cciph.com.cn
**印　　刷**　北京飞达印刷有限责任公司
**经　　销**　全国新华书店

**开　　本**　710mm×1000mm 1/16　**印张**　14　**字数**　120 千字
**版　　次**　2016 年 5 月第 1 版　2023 年 1 月第 6 次印刷
**社内编号**　8083　　**定价**　46.00 元

---

序言 | *Preface*

# 把生活过成最美的诗句

叶浅韵

我是一个乐观的人，一直愿意把真诚和善良当作最好的护身符。从小到大，秉行如是，所到之处，即使不四海春风，也处处阳光明媚。总认为人世间所有的相逢不外都是气场相同的物类迟早的聚会，所以，格外珍惜每一种缘分，在心手能及的地方给予别人温暖，力做一个对生活有心的人。

生活如诗般纯粹美好，一朵小花，几声鸟鸣，一湾秋水，半个月亮，我用心聆听，用心感悟，用不一样的视角进入它们的世界。于是，我便有了一个打开美好的路径。沿着它，在曲径通幽处，做一个忠实的记录者，延长欢乐，分享美好。即使偶尔有些杂音，但也绝不构成影响生活的主调。始终相信心存美好，世界便是美好。

我常常感恩生活的赐予，不期而遇的爱、温暖和自由常常环绕着我，让我能专心做一些自己喜欢的事。闲暇时刻种菜养花，读书写字，在土地的芬芳里，在墨香书香的浸润中，安心地做一个贤良的女子，给予自己安然，给予别人生趣。

所有的日子，概莫由昨天、今天、明天组成，我要做的就是把生命中这珍贵的三天过成美好的诗句。昨天用来检省走过的路，今天是握在手中的财富，而明天是希望的延伸。在离我最近的这三天里，我把它们剪辑成诗歌。于是，我的身体和心灵都有了一个妥善的安置，幸福便如月光下的清泉静静流淌。在我走向衰老的旅途中，可以让自己走得更缓慢而优雅，从容而自信。

许多时候，并不是因为我获得某种物质上的丰厚回报而快乐，而是因为我找到一种自足快乐的悠然生活方式。不媚权贵，不计较钱财，在车水马龙中忘却诱惑与烦恼，把一颗闲情的心轻车熟路地行驶到密林深处，享受一个人的狂欢。

在心灵略微的隐忧处，我也愿意与世俗达成和解，原谅别人的同时，也从不忘记原谅自己。在每一个需要我的地方，欢喜地进入自己的角色。不孤高清傲，不矫情自扰，豁达于事物，豁达于人情。心是平静的心，路便是平坦的路。精神的长相在趋向于慈祥和智慧的路上，一天天饱满丰润。我坚信当有一天我老了，我会是一个美丽的老太太。

感谢曾经的苦难，感谢路途的障碍，感谢伤害过我的人，让我有如此强大的内心，可以不留心机地爱人。在每一个问心无愧的夜晚，坦然地入睡，迎接一个又一个充满欢喜的明天。

愿读者们在生活的细节中做一个有心人，处处阳光，处处惊喜。

# 目录

Contents

## 第一辑 三春晖



## 第二辑 锦瑟弦

## 第三辑 赤子情



## 第四辑 寸草心



## 第五辑 玲珑透

## 第六辑

## 小市井



## 第七辑

## 贴花黄

第一辑

# 三春晖

# 祖母的秘密

我从山上下来的时候，我百岁的从祖母正坐在门口晒太阳，她闭着眼睛，安详地坐着，阳光洒在她的身上，与她的无声构成一幅安静的画面。那一刻，一百年的时光，凝固成一尊雕像。我轻轻地走过去，蹲下，靠近她。她睁开眼睛，混浊的眼神中闪过一丝光亮，接着，她又低下了头。然后又缓缓地抬起头来，她说我母亲的名字，却忘记了我是母亲的大闺女，还是小闺女。

她的双手紧紧地藏在衣衫的下面，像是躲避冷风的袭击，又像是在收藏某种重要的物品。这十几年来，她始终以这样的姿势坐着。在太阳下，在阴凉处，她无喜无忧地坐着。即使是唢呐的声音传来，她也从不过问是谁家的人去世了。仿佛这个世界的热闹或是安静都不会与她相关。她只是保持那样的姿势，一直坐着。到了吃饭的时间，她接过碗，少量地咽下几口饭，又回到她的姿势里。

这么多年，我从不曾见过她病了疼了的样子。她偶尔在深夜的时候，会莫名地呼唤着远嫁的女儿们的名字。第二天问她时，她又嫌弃问她话的人冤枉了她。她说，分明那是风吹过竹林的声音。竹林大片大片地生长在屋子的后面，每天晚上被风传达着不同的信息。从祖母彻夜地倾听着它们的语言，她知道它们的所有秘密。

多少次，我来来去去地经过她的面前，她呆滞地保持着同一表情，一动不动。我分不清她是看见我了，还是从来没有看见过我。而她众多的孙子们，自从她保持这个姿势以来，她几乎是分不清楚他们的。只要他们不跟她说话，她从不主动开口说话。他们叫她时，她张冠李戴地叫着他们的名字，或是用含糊的声音问你是谁？问的次数多了，大家就把她当成了雕像。

这一次，我有些冒失地想要与她亲近些。我依偎着她坐下来，用手掰些糕点喂她吃。她用牙床上下左右地鼓动着，终于咽下去了。再要喂她，她摇头。我把手伸向她，她也高兴地伸出两只手，随即又赶紧缩回一只手。动作的迟缓，让她的秘密在阳光下暴露了。

几张缩卷着的百元大钞，在她的手心里被紧紧地攥着。我忽然意识到自己的鲁莽，却不知该如何去补救。哪知这个一直有些思维混沌的老人突然清醒地说话了，她说，这些都是亲戚们给我的，我是用不上了，留着，也是你们的。然后她用另一只手去寻找旁边的拐杖，像是一个做错了事情又要装作理直气壮的孩子。我知道她说的话，不是说给我听的，是说给他的儿媳听的。

我想起了我的祖母，她九十高龄过世。在她去世之前，对钱也是如此地重视过。她总是小心地用手帕把钱包起来放进贴身的口袋里，走到哪儿带到哪儿。当上千元的钱丢失时又懊恼不已。尽管她哪里也去不了，但她一直保持着对钱财莫大的兴趣。某人给她钱物时，她会念叨人家的好处很久。她甚至在母亲不在家时，悄悄变卖些用不上的家什。但对于首饰，总是极度珍藏。她收藏饰品的地方很古怪，有时是一只破旧的箱子，有时又在沾满灰尘的瓦罐里。我的祖母，把那些东西当作她最大的秘密。

透过从祖母脸上的皱纹，我还看得出她年轻时美貌的痕迹。对于养尊处优了一辈子的从祖母，她的皱纹不是作家们描述的那种痛苦而深刻的意向，而是一种由微小丘陵沟壑组成的平和舒坦的细密曲线，沧桑中带着美丽。皱纹里既看不出痛苦，也见不到幸福。她就像墙壁上挂着的一帧图片，而有时候，我又觉得她像一部长长的小说。她的心里一定收藏着这个村庄最久远的秘密。只是那些秘密都不再是秘密了，它们远不如她手心里紧攥着的那几张钞票。

从祖父是个不折不扣的书生，生在农村，长在农村，却一辈子也没下过田地。他戴着个黑边眼镜，两手背在身后，手里握着一本发黄的书，或是一把猪菜，目不斜视地从院子里走过。美人与书生的故事向来是故事中的经典。他们之间的故事一直是村庄里公开的秘密，被风传送得久远。

百年前的鲜活，在百年之后，注定只是一种传说。就比如从祖母手中紧握着的那几张钞票，其实它们现在的作用对于她而言仅只是几张废纸。从祖母之所以不愿意放手，是因为她一直想握住从前的岁月。曾经，她的生活是安定的、优裕的，甚至她可以拥有与别人不一样的爱情，那种被书生称作是红袖添香的日子。在村庄里，这种意向必定可以代表一种高度，一种可以被别人羡慕的高度。

从祖父遗留下一本书，一本天书。发黄的扉页上写着一个久远的年代，书的材质是绵纸，就连装订的线也是用绵纸捻成的。他用洒脱劲道的笔力，描述着一个村庄乃至一个姓氏的来历。我翻开它，犹如翻阅一个家族的秘密。我从我的父亲追溯回去，不知过了多少代以后，突然看到了一个古老而著名的帝王的名字。若不是这样一种记载方式，我是无论如何也不会相信这种事实的。且听人说这类事时的第一反应，总有攀龙附凤之嫌。

这样的故事，从张家到李家，都有说法。难道这散落的村庄里，都是些有来头的子民？不论多荣耀的过去，不论多辉煌的历史，经过一百年的沉淀，它们都成了泥土，成了大地的一部分。书上记载着的这些远祖的光环，到了今天，也就成了我的从祖母手中的那几张钞票，成了不是秘密的秘密，看似贵重，实则也无多少实质的用处了。

向来，秘密只生存在每个人的内心里，体现着某事对某人的重要性。村庄的秘密被记载在一本书里，我的祖母们的秘密都放在自己的手心里。许多秘密，在别的人眼里也许算不上是什么秘密，只因自己太在乎，所以成了秘密。人老了，最大秘密也许就是一只破旧的箱子，更或许是口袋里手心里握着的几张票子。在她们看来，身边存留着些钱财，就是给了自己安全的保证。安全，成了秘密的一把锁。我的祖母和从祖母都想拼命地锁住它。

# 看不见的仇恨

隔壁一阵骂声传来，接着是打碎东西的声音，有一只鞋子“呼”地从窗口飞出。餐桌上，我们停止了笑声，但没有谁想要出去看个究竟。母亲警告我们小点声，她说：“这个疯子，少喝些猫尿会死！”

我知道在没有酿成任何人身伤害以前，我们必须老老实实地闭上自己的耳朵和嘴巴。那把锋利的斧头，那把沉重的大锤，它们还安静地躺在隔壁的屋子里。高声的叫骂，低声的回骂，此起彼伏。一拨儿暗下去，又一拨儿涌上来。我心里十分害怕这对冤家——我的伯父伯母，他们又要上演精彩动作片。

当我看到伯母走过窗前的身影时，心中的石头落了地，可她回骂的声音却在前脚迈出门槛的那一刻高出了八度，紧接着就听到她迅速关门并夹带着小跑的脚步声。伯父更刺耳的声音传出来，我听见他拉什么家什的声音，然后又重重地摔了下去。显然，是酒精的热度让他丧失了战斗的能力。

我从窗口望去，伯母站在坡底正与另一伯母私语着什么，仿佛她的愤怒终于有了个盛放的容器。她伤心地描述着什么，腰部合着说话 弯 直地动着，时不时用手指着她家那道门，愤愤不平中略有些担忧害怕。她的眼睛里有种看不见的仇恨即将爆发，但又随即黯淡下去。

弟弟妹妹们在说着什么好笑的事儿，他们大笑起来。隔壁又一阵骂声，这次我听明白了，他是在骂我们这群小鬼的。母亲说：“给我多吃些饭，把嘴堵上，我看谁还敢多嘴！”

父亲那天正好不在家，不知为何，这个天不怕地不怕的伯父，对父亲有种特殊的感情。他高声地骂人时，只要父亲一出声：“老哥哥，你悠着点儿！”他的声音便顿时息鼓，而后零星的几句拌嘴，像是一场急刹车过后的缓冲区，就一切相安了。

有一次他站在院子里拴牛，高声地叫着伯母的名字，伯母应声慢了一拍。他张口就骂娘，伯母小声地回敬了他，他捡起一坨新鲜的牛粪迎面就丢去。伯母躲闪得快，牛粪重重地砸在墙壁上。夫妻俩仇人似的拧着撕打起来，他用脚踢，伯母下口咬。伯父顺手提起大铁锤子，狠命地砸下去。伯母顿时晕了过去，鲜血顺着她的脸颊淌了下来，吓坏了伯父，也吓坏了我们。他套上牛车，一路小跑地把伯母送进医院，一副心疼得不得了的样子，又是忏悔又是端汤递水地伺候着。

又有一次，不知为何，他们在深夜里撕打了起来，父亲不在家，另一伯父翻墙过去，救下快要被他掐死的伯母。脸色青紫的伯母，好半天才缓过气儿来。他们这一对冤家，仿佛是前世杀父夺妻的仇人，天天争吵不休，动辄就要大打出手。

伯母年轻时，第一次被打，曾悲愤地投进粪池。被救出后，她慢慢地把事情想通了。伯母认定她是上辈子欠了他的，凡事只愿往好处去想。一个认了命的人，只能把心横将下来，忍受别人所不能忍受的痛苦。

他骂人时，口不择言地乱骂，张口就要骂别人的老娘，别人身上的麻子、瞎子、秃头、瘸子，他样样脱口就翻人的痛处。而且他骂自己的人总是比骂别人更恶毒，如果他是一个巫师，他的亲人们都将在他的诅咒里不得好死。尤其是我的伯母，她的祖宗十八代都不曾安生过。而我的伯母，只要回骂他的老娘，他立即就要动手。

每年清明的时候，他在老母亲坟前，细心地清理着杂草，培土培草，仿佛在给他的妈妈梳头那样。这个小村，我再没见过比他更诚心的孝子。从小相依为命的母亲，对于一个早早失去父爱的孩子，意味着太多太多的东西。他说起老娘做的苞谷饭，总是赞不绝口，他说这村子里哪个比得过他母亲做得香甜可口呀。那时，他的脸上写满了幸福骄傲和温柔，一副光彩照人的样子。

他不仅骂人，他还骂天、骂地、骂鸡、骂狗，一切进入他视线的东西，都有可能是他骂的对象。骂成了他生命中最重要的一部分，如他一辈子也丢不掉的那口老酒。

犁地，他是村里的一把手，他的犁，走过家家户户的土地。人们喜欢请他犁地，却是害怕他在贪杯之后的一场场咒骂。又不能不用酒来款待他，他总是趁着酒兴，把一切不满发泄完毕。东家的碟大，西家的碗小，都是他骂人的话柄。一件小事，足以耗去他一整个晚上的口水。

可谁又能阻止他对一壶酒的钟爱呢？爱酒，他胜过爱这世间的任何一种东西，包括他至亲至爱的人。也许酒才是唯一让他释怀的东西，他的内心一定积累了太多的仇恨苦痛，只有酒精和酒精过后的发泄才能让他放松。

村庄里的人，各个都是他的敌人，又都是他的亲人。往往，他骂人的话从东家传到了西家，人们厌恶地看着他。而他，却全然不在意。高兴时就要拉着人家唠叨个不停，他都忘记了他昨天才骂过人家的话。

在酒足饭饱之后，他常常骂骂咧咧地扛着犁，赶着牛，向后山走去。伯母远远地在后面跟着，他手里那根赶牛的鞭子高高地扬着，时刻准备着对牛或是对人表达一些他心中无法控制的愤怒。傍晚，载着满满的一牛车玉米或是洋芋，有时，也可能是一车青草。他们踏着夕阳晚归了，老两口有说有笑地把东西搬进屋里，大呼小叫地呼唤着大大小小的娃娃们，把从山间采来的野果分发给我们。

分明才见彩虹笑，暴雨又顷刻来。一顿饭的工夫，天就变脸了。隔壁又传来骂人的声音，有时是因为盐放多了，有时是因为菜不可口了。你一声，我一声地热闹起来。这一切，都是酒精发作之后的显著特征。

父亲走后家中失火，母亲盖了新屋，为新屋地基的事，伯父与母亲吵得不可开交。几次要动手打我的母亲，好在他终究拗不过母亲的犟劲。他高高地扬起手中的板凳或是棍棒，又低低地放下，脸上一直写满凶恶。他每天走出走进地骂，骂我死去的爷爷，那个一生都爱他的老人。也骂我的父亲，他的手足。骂我，还有我的弟弟妹妹们。骂得不堪入耳，母亲每每在这样的时刻无法忍受，一场场战争总是这样开始。所以，我阻止母亲回乡。

我与他的小女儿相差五天出生，我叫她四姐姐，他在高兴时哄着自己这个小女儿，任她撒娇耍赖。他摸着她凌乱的头发，满脸胡茬儿地扎下去，四姐姐咯咯咯地笑着。他还唱戏给我们听，他唱西山脚下有一家，爹妈生下仨姊妹，最宠最爱小女儿……他会在吃完饭时指着四姐姐碗里的剩饭，强迫她吃下去，他说他吃过糠，吃过树叶，吃过观音土，哪里去找这么好吃的黄澄澄的苞谷饭呀。四姐姐不吃，他端过来几口虎吞下去，还做出香馋的模样逗我们。

他不醉的时候，跟我们小辈说他蹉跎的一生。他父亲离家出走那年他只有七岁，姐姐十二岁，两个妹妹还牙牙学语。为了生计，他给人当童工，苦活累活做尽，冷眼冷脸受尽。一个妹妹病死，另一个妹妹当童养媳受虐不堪，在逃回家的路上被洪水卷走了。说这些的时候，他一点也不悲伤。他总坚信自己的父亲有一天会回来，他会把他找回来。他说，他不要我们，我们还要他呀！说到这里，他悲从心起，眼泪在眼眶里打转儿。

待他如亲父的叔父，也就是我的爷爷走的时候，他哭得鼻涕老长老长，头上的帽子也歪了。他脸上的大鼻子与父亲是那么相像，唯一不同的是他鼻子中间有道天然的细细的坎，横在鼻梁的中间，让挺拔的鼻梁在那里稍微地停顿了一下。那时，我还小，与悲伤的交往不曾密切过。对于一场葬礼，如同看热闹一样，仿佛那是与自己不相关的事。父亲一直在哭，我是因为父亲哭了，我才哭出声来的。伯父也在哭，他说我爷爷是睡着了。两个男人的哭声让天空失去颜色。在患难中长大的这对兄弟，他们都失去了最亲的人。

终于，他们都长大了，也终于有自己的土地了。伯父珍爱这种日子，在他的土地上终日劳作，勤恳如他那头老黄牛。秋收过后，楼上堆满了粮食，玉米、大豆、洋芋到处都是。喝下几两老白干，微醺时刻他开始唱歌。他抱着四姐姐唱："爹爹开会开得好，开得好么春风吹，改革的土地一片绿，人民生活多么美！"听到歌声的邻居们都来凑热闹，大家聚在一起讲着古老的故事。鬼故事，毛野人，都是故事里的经典，而主讲的人通常是他，我的伯父。

伯父家的土地真好，种什么长什么，就是别人从来没有种过的花生苗，到了他家的地里，也收成颇丰。这可馋坏了村里的小毛头们，他们总是想方设法地算计着，想要犒劳一下自己的嘴巴。常常是快要得手时，伯父就不知从哪里钻出来了，吓得一群小毛孩子四处乱窜。

伯父就是这村庄里的一个传奇，把好和坏高度地统一在自己身上，让别人纠结不已，他却由着自己的性子快活。高兴时，他是天使，他的歌声直冲云霄，孩童老人都争相参与。不高兴时，他是魔鬼，释放出鲜血淋淋的诅咒，连狗见了他都要夹着尾巴远远地跑开。

伯母检查出了癌症，起初，他是认真照顾的，没几个月，又大骂出口。伯母去世了，他像一只失伴的孤雁。他没了骂人的直接对象，骂人的声音减了很多。直到他也检查出晚期癌症。他不再骂任何人了，去了女儿家，即使回来，也不再骂人。我回去，他远远地看着我。像是有话，又似无言。我不想打扰他的清静，同时，也心有余悸和悲伤，总是不愿意如小时候那样去亲近他。

昨日接到四姐姐电话，说他走了。我心里如失去了什么重要的东西，一阵阵难过。他甚至没等我回去看他一眼。

伯母也是去年的这个时候走的，这对冤家吵了一辈子，打了一辈子，却又不离不弃地生活了一辈子。往往才恶言相交，拳头相向，不出一刻，又听见他们的笑声。我们都习惯了他们相守相爱的方式。他们仿佛前世有着深重的仇恨，这辈子要来彼此折磨。又仿佛前世遗留下许多不尽的爱恋，要用今生来相扶相伴。

我曾与母亲说，他骂人是没有什么实质意义，别过多计较。可他触及到了母亲最伤痛的地方。那些恶毒的语言已让母亲太疼痛，直到他死，母亲都不肯与他说话。可她一接到他过世的消息，就急忙从千里之外连夜赶了回来。

那个夜晚，深夜醒来后再无睡意。我以为这个冤家似的亲人死了，我不会有多少悲伤。打小，我是听着他不堪的骂声长大的。孟母为儿三迁，吾母的儿女愚钝，生长在这样的环境，居然没学会他骂人的脏话。倒是在他的故事里、他的歌声中受益匪浅。他每天必喝，每喝必醉，每醉必疯。一辈子，他与人有仇，与土地有仇，也与自己有仇。而这些仇恨，无法识别，也无法看见。也许，这些都是他前世欠下的债。今生，偿还清楚了，所以，他走了。

灵堂里，他友善地看着前来吊唁的亲人，他大鼻子上的那道坎，比他的大鼻子还醒目。大鼻子是这个家族最重要的标志，而那道坎，仿佛是他一生的某种暗示。这个让我爱也不是，恨也不是的伯父呀，就这样，他过了一生一世。我直视着他，眼泪急急地淌了下来。这下，那个小村庄没了他的声音，该是如何的寂寞！

# 完整的世界

排列整齐的灯盏里发出豆瓣大的微黄色光芒，一朵朵灯花闪亮地开在火焰中间。先生说这是喜事临门之兆，是祖先要恩宠我的一种告示。此刻，我正虔诚地跪在佛祖的面前，希望以这样一种方式与我逝去的亲人们通达心灵。

一直，对于未知世界的迷茫，我谨持将信的态度。我常以这样一种方式来表达我对神灵、对自然、对人生的敬畏。它甚至可以成为我慎独的一种有力证据。我常常在黑夜睁大了眼睛，想看到另一个世界的一点真相。可是，除了漆黑，我从来没看见过异相。但我一直觉得天上有一双眼睛，它时刻在看着我，引导我向着善良，向着太阳，向着慈悲行走。那些堕落、肮脏、可耻、卑鄙绝不容许存在我的周围。

我从来没看见过那双眼睛背后站着的人。有时，就在我闭上眼睛的时候，他们会活跃地出现在我神经与神经连接的末端。或是梦境，或是幻觉。竟然在许多时候，它们神奇地验证着一些事实。

我希望在我的梦境或是现实里，我的亲人们会以某种方式告诉我另一个世界的存在。他们已脱离了人世的苦海，正先知先觉地活在另一个逍遥的地方。常常，天上那双眼睛会与我的亲人们渐渐契合，并以一种特别的方式提醒着我。

鼻孔里充满着香味，似乎各种神明正喜悦地看着我。我的内心也充满了喜悦，仿佛我的肉身是被他们加持过的法门，轻盈剔透，无量至尊。我匍匐在地，虔诚地祷告，如若我的亲人是有罪之身，也请他们大慈大悲，大恩大德，助他们脱离苦海，到达极乐往生。如若我的亲人是功德戴身，就请他们保佑家人平安，赐予我们福报。

在我跪拜祈祷完毕的时候，我的眼前顿时澄明起来，胸腔里恍若有一颗玲珑剔透的心。一定是我居住在另一个世界的亲人，他们在感召我，让我感觉到我的周围存在一个巨大的磁场，一极是我，另一极是神灵和我的先祖们。他们正站在我的身后，用一种无形的力量推动我，并在我的脑海留下一种可以称为信仰的东西，迫使我不说诳语，不行恶事。

如果有人要质疑我是迷信的，我只能说我是赤诚的。倘若我的世界一直完整，我不愿意以这种冰凉的方式与我的亲人们相见。我愿意天天环绕在他们的近旁，被他们爱，被他们骂，与他们争吵，与他们欢笑。当我的世界残缺以后，我宁可相信有另一个世界存在的完整，并愿意幻想着一定有两个世界可以重叠的地方。在墓地、在节日、在一炷香的后面，我都曾信仰过，我这些愿望是可以成真的。

就这样，每年就着一些重要的节日，带着一些信念，我向着我的生活下跪。在寺庙里的佛像前，在家里的神位前，在一块墓碑前，在一堆黄土前，我虔诚地跪着。这样，我的世界就完整了。我和我的亲人们都只是土地的一部分，我们都受着大自然的庇佑。

# 山洞里的秘密

河流隔开青山的两岸，两山之间宽不足千米，窄不过百米。青山脚下，河流的两岸边上，一个个村庄被绿色的竹林掩映着。村庄里的人世世代代把这条河流当作母亲河，他们从河里汲水，在河里浣衣，也拉着牲口在河里饮水。河两岸的峭壁上，有些不同形状的山洞，大大小小，形态各异。

河流在不同的季节有不同的姿态，水清了，水浊了，水涨了，水干了，都与村庄里的人们息息相关。唯有那些山洞，千百年来以同一种姿态静默在山崖上。

老人们爱讲一些与山洞有关的故事。故事的版本不外乎两种，一种与仙人有关，另一种与鬼神染指。但故事无一例外地有个不二主旨，那就是要敬畏仙人和鬼神，不要轻易去亲近那些山洞。

然而，他们越是让孩子们远离那些山洞，就越阻止不了他们的好奇心。打着手电，点上明火，他们偷偷地进入大人们限定的禁区。大人们从家里摆放着的异样的石头上发现了秘密，顺手拿起扫帚，从村庄的东面追到西面。到了晚上，几个大人就编故事传播一个孩子失足掉进山洞的消息。即使这样，也阻止不了一群孩子探索新奇的愿望。

从一个私塾先生失踪了三天，又从那个山洞走出来后，那个山洞就变得仙气顿生。先生说他在洞中与白胡子的仙人对弈了一盏茶的工夫，而洞外已是三个白昼。从此，人们就对山洞里居住着神仙一事深信不疑，还编造出给神仙借碗借筷子的故事。他们一代又一代地宣讲着同一个故事，有好事的小孩子躺在祖母的怀里，瞪大眼睛想亲眼看看那种神奇的事，祖母们的回答也惊人的相似。她们总是说，仙家是食素的，凡间人不珍惜借来的东西，打破了，油腻了，弄得仙家生气了，再不与凡间人来往了。

山崖的壁上有个葫芦形的山洞，据说，那是仙家的居所，有云有雾时，仙气弥漫，缥缈灵动。峭壁上有些细小的山洞，更或者说是一种细小的裂纹，活脱脱地把一个和蔼可亲的老仙人面容印在壁上。从我记事时起，他就保持着同一种微笑。无论从哪个位置看去，他都在看着我微笑。传说与现实的印证，增加了人们对故事本身的可信度。那个山洞，就成了远近闻名的山洞。无数人来验证过它的神奇，却谁也不能说出它的神奇，更无法说出它究竟哪里不神奇。

凡是与众不同，并难以解释的事物，都会被赋予一种神秘感。越是神秘，就越能激发人们探索的欲望。尤其是村庄里这群半大的孩子，他们总是梦想着有一天也能遇见山洞里长着白胡子的仙人爷爷，或是在门口叫声“芝麻开门”，就能捡到无数财宝。这种神奇的幻想支撑着他们想去探索山洞里的秘密。

他们钻遍了足迹所能到达的每一个山洞，对黑乎乎、扑棱棱飞过的蝙蝠早已不再害怕，甚至踩到脚下小小的骷髅时，也不会再集体逃亡。除了没遇到过仙人，没捡到财宝，山洞里的世界也算奇妙。姿态各异的石头，成群结队的蝙蝠，滴水穿石的神奇。光亮所射之处，处处都有新鲜的事物。慌忙躲藏的虫子，乱窜的小动物，甚至一条小花蛇。惊险而又刺激的场景，除了害怕，还想接着害怕。分明是到了绝境，突然又生出一个小洞，猫着身子钻过，又见另一个宽敞的大洞。柳暗花明，别有洞天的妙趣，极大地满足了孩子们探险的欲望。

晚上，回到家里的孩子们有的头疼了，有的肚子疼了。在大人的追问下，山洞就成了造孽的主宰，他们开始说起谁家短命的孩子就丢在那个山洞里。然后端着一碗水在孩子的头上念叨着什么咒语，孩子们发现疼痛慢慢缓解了。他们更加确信有鬼神的存在，山洞的神秘色彩又增加了一层。

某天，一个孩子发现了山洞的秘密。他问大人，为何每个大的山洞口都有人造过的痕迹。它们残破地存在着，塌陷的，站立的，留下一些可以辨认的痕迹。可以确定，这些山洞曾经在某个时期被人们深刻地重视过。

小脚的祖母们泪水涟涟地说起了往事。故事的开端不再是很久很久以前，而是从那年那月开始。孩子们睁大了眼睛，竟然比听仙人和鬼神的故事还带劲。

那些兵荒马乱的岁月，这些山洞，曾经是避难的居所。土匪们扛着枪，扯成线的一队队人马，开进村来，见啥抢啥，每次都满载而归。剩下一个空空的村庄和一群哀哭的村民。没有武器的村庄，成了任人宰割的羔羊。村庄里那个瞎了一只眼睛的太婆，另一只眼睛毙命在一个凶悍的土匪的枪托子上。她当时只是哀求他们放过她那双心爱的绣花鞋。村庄里一声“躲贼了”，男女老少们都往后面的山洞奔去。有一个壮汉，他不想失去他的白马，拼命地想牵着它朝后山奔去，在山坡上，一颗呼啸的子弹夺去了他的性命。

那些小小的山洞，原来装着这么多秘密呀！孩子们你看看我，我看看你，最后都不作声了。蔫蔫地回到各自的家里，到了第二天，都做了些与山洞有关的奇怪的梦。孩子们在知道了山洞里的第三种版本的故事以后，对山洞探索的热度豁然降温了。慢慢地，那些山洞的洞口都结上了蛛网，长了草木。

孩子们又从教课书里知道了人类的起源，总是不自觉地抬头看那些山洞，揣测着祖先们的来历会不会跟这些山洞有关。事实上，他们从未发现过一块能证明人类文明的碎片。当然，不是每个山洞都藏得住人类文明的历史。但是，每个山洞里必然承载着自己的使命。正如，村庄后面这些大大小小的山洞，它们曾深深地吸引着好奇的孩子们，还坚实地保护过这群孩子的爷爷的爷爷们。

# 想念奶奶

站在奶奶的遗像面前，我长久地静默着，她安详的面容，无论我从哪一个角度看去奶奶总是在看着我，又像是在对我无声地诉说着什么——嘱咐我过马路时要小心，安抚我受伤时的眼泪，轻责我做事的粗心……

我跑到后面的竹林里，那块巨大的石头上分明还坐着奶奶的影子，那根陪伴了她多年的拐杖安静地躺在那里。忍了又忍的眼泪呼啦啦地流下来。我知道这个世界上再没有一个人像奶奶那样全心地爱着我的点点滴滴了。

我从出生开始，就在奶奶的怀里安睡。我笑了痛了哭了，都让奶奶操心。长大后，我胖了瘦了美了，都让奶奶牵挂。我前进的每一步，都有奶奶的影子。

我习惯了在进门时呼唤一声“奶奶”，无论她在哪个角落里答应，有奶奶在家的日子，我总是那么安心。即使问妈妈的第一句话，也是“妈妈，我奶奶呢”。她变着花样做各种点心给我吃，帮我洗衣做饭剪指甲，没有人的时候，她还教我唱些婉转的调子。我就像是她的影子，她走到哪儿，我就跟到哪儿。

奶奶的小脚是标准的三寸金莲，按当时的审美标准，她是当之无愧的美人。遗憾的是奶奶四十多岁的时候不小心摔了一跤，股骨脱位后没有得到及时复位，一生就与拐杖结下了不解之缘。她洗脚的时候像是在尽力收藏着一个巨大的秘密，总是禁止别人在场，除了我。那长长的白色裹脚带子，一道一道地缠上去，裹住她那双被摧残得面目全非的小脚，哪怕是一个小小的细节，她也从不马虎。

奶奶有一手好的刺绣，那些花花绿绿的细线，她一变戏法就成了栩栩如生的花鸟虫鱼。奶奶那只神秘而破旧的箱子是她的聚宝盆，里面有些古老的钱币、银首饰、铜器，她甚至一直收藏着我小时候戴过的一顶漂亮的风帽。

我离家在外求学时，奶奶总是把很多东西留着给我。听说我要放假了，她踮着小脚忙出忙进，对我妈说这是她爱吃的，那也是她爱吃的。我一进家门，她巴不得把所有的东西都往我嘴里送，从她的宝贝箱子里拿出各种蛋糕、核桃和糖果，有的甚至早已过期了。

我一参加工作就把奶奶接到城里，白天上班，晚上借了邻居大娘的三轮车，带着奶奶四处转悠。奶奶像个孩子似的，好奇地问着许多问题，在繁华的霓虹灯下，奶奶笑得很幸福。她傻傻地说，这种好日子怕也是到尽头了吧。在奶奶眼里，这是天堂里的时光。

我结婚了，奶奶说她的孙女是只刚兴家搭窝的小鸟，要一切节俭，对我买给她的任何东西，她都要追问价格，并连连说贵了，贵了。我曾买过一只玉镯给她，她钟爱有加，即使大小不是那么合适，她总是一直戴在腕上。奶奶说，女人就要环佩叮当才美。

爱干净的奶奶，乡邻们形容她最频繁的一个词语就是：清衣蓝秀。直到她九十高龄卧病在床，哪儿也去不了时，奶奶也依然很讲究。我帮她洗脚时，她指挥着我帮她缠带子，就连一个细微的褶痕也不肯放过。

我有了孩子，回乡看奶奶的次数越来越少了，可她清楚而准确地记得我回家探望她的日子。有一次我有一个多月没回家了，一推开家门，奶奶高兴极了，她喜笑颜开的脸，像一朵美丽的鲜花，连皱纹里都散发着芬芳。她拉着我的手说："宝呀，你已经有一个月零十一天没回来了。"我的眼泪霎时落了下来，奶奶是多么的在乎我呀，她日日夜夜地想念着盼望着我回家呀！

奶奶是爸爸的继母，可在这个家里，早已没有一点亲疏远近的距离了，在我眼里，她就是这个世界上我最亲最亲的奶奶。

分明我还是在奶奶怀里蹭来蹭去的野丫头，奶奶一边摸着我的头，一边对我说着"一只羊过河，十只羊过河"的道理，要我当好姐姐，做好领头羊，给弟妹们做出榜样。如今，我们这群小羊都一只只过河了，去了对岸水草更丰美的地方，有了自己的领地和家园。奶奶却撒手去了，这一去，宛如割了我心头的肉，让我鲜血淋淋地疼痛了许多年。

每年清明，奶奶放牧的小羊们从四面八方赶了回来，一齐聚在奶奶的坟前，说些家常话，我知道我们的奶奶，她一直在微笑着听我们说话。

# 母亲的理想

母亲是有理想的，我从小就这么认为。

每一个父母总是期待自己的孩子能成龙成凤，最不济也能成器成人，能在社会安身立命。我的母亲也不例外，甚至这样的心事更浓更重，这可能缘于她比普通的村妇多识些字的缘故。她讲不来“书中自有颜如玉，书中自有黄金屋”的大道理，她只是一心想把自己的孩子送进学校，并时时不忘记监督孩子们期中期末的分数。她不懂得鼓励与赏识教育的前因后果，只是对考试过后的结果颇有兴致，并一再用分数来检阅孩子们的用功程度。为此，我们没少挨她的棍棒。

她高高地举起棍棒，口中责骂我们的声音飘荡在村庄的上空。我知道那是一个母亲对孩子的殷殷希望。在我一路成长的旅途中，母亲的脸上很难有慈祥与温情的时刻，她总是那么忙碌，大到起房盖屋，小到鸡毛蒜皮，哪一样都离不了母亲那双手，她甚至都没时间拥抱一下她的孩子们。

终于，我们在母亲严厉的教育下开花结果了，母亲的理想实现了。她像一个园丁检阅满园的芬芳那样，眼睛眯成一条缝，心里甜成一罐蜜。在别人的赞赏与表扬里，母亲为她实现的理想而骄傲。母亲忘记了她所有的辛劳，固执地认为这一切都是值得的。

即使她的双腿因超负荷的劳作而患下疾病，她也认为是多么光荣的负伤。我寻遍良医，想要治愈母亲的疼痛，而它们总是顽强地生长在母亲的身上，像是母亲的理想那样，有不可动摇的坚定。我难过地看着她的双腿，母亲笑说习惯就好了，又不伤及性命，不必太担心。

母亲为了实现她的理想，曾养成过无数习惯。比如，她习惯深夜去挑水浇菜，一晚上挑几十担上百担的水，来回奔跑在一公里的距离间。白天，人们为争夺有限的水资源浇菜，人多口杂的。拥挤让母亲更加疲惫，于是，她选择夜深人静时劳作，那样效率更高。我曾不止一次地问过母亲，你害怕吗？母亲说当然也有害怕的时候。偶尔遇上的怪事会让母亲惊慌地逃回家，但这并不妨碍母亲第二天的工作。她始终坚信凶神恶煞的东西一定是冤有头债有主的。

母亲还养成早起的习惯，在每个赶集的日子，母亲总是早早叫醒我们，把最早上市最新鲜的蔬菜拿到市场上去卖。集市在离家五公里的地方，通常是我们赶到集市了，人们才惺忪地睁开眼睛钻出暖暖的被子。我多次看见街上的居民们才睡醒的样子，有人正慌忙地提着裤子奔向厕所，有人正打着哈欠开门，有人正在门口梳头。母亲仿佛对她的苦累一点儿也不在意，她分给我两毛零钱，我飞奔到卖鸡蛋糕的小摊旁边，吃着八分钱一个的蛋糕，觉得生活太幸福了，人间居然有这样的美味！

母亲总是说你们要好好学习，只要能读好书，我砸锅卖铁都拼命供你们读书。母亲说得坚定有力，我们也听得热血沸腾。那时，我并不知道我的理想与母亲的理想是同向的。有时我对学习倦怠了，母亲恶狠狠地说，不读书也没关系，将来考不起学校，回来每天去后山拾六次柴火，做饭洗碗喂猪的活儿全是你的，我倒是可以省事了，再不用这么辛苦，我翘着二郎腿吃闲饭，等你长成大姑娘了，贴几个廉价的嫁妆嫁到山里，你就等着好日子过吧。母亲仿佛在给我描绘我明天的生活，我的心一阵阵地收紧，不敢再悖逆母亲的旨意，埋头读书。我听到母亲与祖母的对话，她们说我长大了。

母亲在得知我中考的分数后，她像一个得势的孩子那样，兴奋得语无伦次。她拉着我的手，骄傲地从村庄的大路上走过，迎接着所有人羡慕和嫉妒的目光。回到家中一副不知道要怎样对我好的样子，她向我亲昵示好，我有些冷漠地疏远回避着，倒是与祖母一惯的亲热。我想母亲是受伤了，但她还是高兴的样子，进进出出地哼着小调。我还记得母亲大辫子往后一甩，明眸红唇地站在那里。那时，母亲才三十五岁，如我现在的光景一样。

弟弟妹妹们相继上了大学，母亲的理想已功德圆满。她的脸上不再是年轻时藏不住的喜悦和愤怒，而是多了几分慈祥与从容。我以为母亲没有理想了，甚至大言不惭地对母亲说："小时候我们听你的，现在你老了，得听我们的了。比如，你不能总想着土地里的小白菜们，得多想想你的孙子孙女们，这样我们才感觉更幸福些。"母亲总是不改她的倔强，辩解她有她的事。她说只要你们好好的，我想去哪家就去哪家吧，想回老家待些日子你们也不要反对，因为那里才是我的家。一句话说得我沉默良久，终是熬不过母亲的固执，就由她吧。

随着年岁的增长，我倒是渐渐理解母亲多些。其实每个人都需要一种归属感，也就是我们称为港湾的地方，它可以承载我们的身体和灵魂。伊壁鸠鲁曾说过，人生最大的幸福就是身体的健康和灵魂的安宁。因此，我不再幼稚地想要把我的所谓理想强加给母亲。我们还小的时候，母亲带领着我们经营着共同的家，每个人在这个家都有自己的归属感。如今，我们大了，有家了，这个家与母亲的家有了区别，即使好得不分彼此，也难以割舍心头最隐秘的归属问题。这大概是为什么子女们向父母要钱时一副天经地义的样子，而父母若是要向子女要钱，显得格外难为情。归属感的问题让母亲显得不那么自由，母亲来到谁家，都摆脱不了一个客人的身份。子再贤，女再孝，孙再慧，这些都难在母亲的心口长久停驻。这就是母亲为什么更眷恋地里的小白菜的原因。因为那是只属于她的。

在我明白这些以后，我不再像从前一样，母亲一离家就催命似的叫她回来，像一个永远断不了奶的孩子那样。母亲爱去哪里，我总是念叨说如果住得好就多住几天吧，别急着走。这不，母亲才去了妹妹家两周，又风火似的回来了，妹夫还笑着抱怨母亲，说她怎么能在姐姐家住那么久，就不能在昆明多待些日子呢？母亲说地里的辣椒、西红柿成熟了，街上的价格贵得咬手，不如回去采摘些回来。

从乡间回来的母亲，每一次都是满载而归。这一次她带来许多辣子、西红柿、豆子，在送了亲戚朋友们后还剩下很多，母亲把它们放到门口的市场上。不到一小时，全部抢购空了，卖得一百多。我一下班就跟我讲卖菜的经过，那高兴的劲头比我给她一千块来得更痛快。弟弟和弟媳一副不理解的样子，说不缺那个钱，就不用去卖了，那苦日子还过不够呀！我跟他们说，自己的树上结出的果子永远是最甜的，就像每个人看见自己的孩子的感觉一样，这是母亲的劳动成果，她当然会为这些而高兴，正如她为我们拥有一份固定的工作而高兴一样。这些都是母亲理想中的一部分，我们没有权利去剥夺她的快乐。

在母亲最远大的理想实现后，她心中定还有一些细小贴心的理想未去经营。比如她要给某个亲戚织件毛衣，做双鞋子，去看看她高龄的姑妈，去服侍一下她病床上的父亲。这些琐碎的小事，都有可能是母亲要想实现的一种理想或是愿望。我不再阻止母亲想干的事情了，就在这个阴雨的早晨，我也愿意帮母亲撑着伞去街上卖她地里生产的新鲜蔬菜。母亲看看我，像从前与祖母的对话那样，只是这一次，她说我真的长大了。

# 头羊的故事

小孩子们一起玩，总免不了要争吵，可我不明白的一件事儿是：为什么每次我和弟弟妹妹们起了争执，父母总是责怪我，甚至打骂我？当我委屈地钻进奶奶怀里哭时，奶奶总是摸着我稀疏的“黄毛”，跟我讲“一只羊过河，十只羊过河”的故事。奶奶的意思是，要我当好领头羊，做弟弟妹妹的好榜样。

那时我还年幼，不晓得这“头羊”的作用究竟有多大。直到有一天，妈妈带我去河边洗衣服，三叔正赶着一群羊过河，羊向来胆小怕水，只见一只羊在三叔的吆喝声中试探着下了水。后面的羊仿佛忘了胆怯，就那么跟着它下到水里，虽然它们左顾右盼的，依然吓得咩咩叫，但还是在头羊的带领下蹚到了河对面。看着远去的羊群，我似乎明白了奶奶说的话的道理。

小时候，妈妈是严厉的妈妈，奶奶是慈祥的奶奶，我则是永远叛逆的我。直到一次，我无意中听到妈妈和奶奶的对话，她们说我长大了，知道努力了，知道照顾弟弟妹妹了……惭愧和感动中我停止了义无反顾的叛逆，不再和妈妈作对，还以优异的成绩考取了中专，成了村里第一个吃“公家粮”的人。就这样，十五岁的我，背着行囊开始了异乡求学之旅，用妈妈和奶奶的话说就是给弟弟妹妹们开了个好头。

走上工作岗位那年我十九岁，大弟弟正上高中，照顾他学习生活的任务被我包揽了。记得那几年，为了跟大弟弟倾心畅谈，我褪尽一身的淑女范儿，变得大大咧咧的，真正当起了“大哥”。后来，大弟弟上了大学，小弟弟也考取了师范专业，等妹妹进城读高中时，我已有了自己的“蜗居”。于是，妹妹的吃住又被我包揽了。为了照顾好她，粗心的我一下子细腻起来，还常被闺蜜们笑话：“什么时候变得婆婆妈妈起来了？”

弟弟妹妹们常说，从他们读书求学，到后来找工作、谈恋爱，再到结婚时买房买车，所有人生的重要时刻，总有我这个大姐的身影。是啊，哪一样要是少了我的参与，我自己就坐不住了，累点儿也觉得踏实。尤其在父亲去世以后，这种感觉更加强烈起来。

如今，弟弟妹妹都有了自己的家庭，在各自岗位上都很出色：大弟弟当了中学校长；小弟弟组建了篮球俱乐部；妹妹是优秀的平面设计师。逢年过节，我们一大家人回到老家，看着妈妈高兴地忙出忙进，幸福的时光，在小院里静静绽放，就像妈妈养了多年的扁竹兰，娴静的欢喜，悠然的满足。

在弟媳妇娇嗔地要钻进妈妈被窝里暖暖时，在小侄女们搂着我脖子撒欢时，我也会遗憾：要是爸爸还在，该是多么完整的幸福呀！这时，我的眼中会有一种特殊的情愫，而这情愫，在我看向弟弟妹妹时，瞬间即被感知。我们总会给彼此一个相互勉励的笑容，这笑里的深意，也只有我们才懂得。有时，我们也会争吵，但争吵过后，马上就和好如初，因为我们是血肉相连的亲人。我们都没见过爸爸老了的样子，这是我们一生的遗憾，如果爸爸能看见他放牧的这群“羊”，都找到了水草丰美的地方，都过上了幸福和美的日子，他会多高兴啊！

在儿子和小表妹们争吵时，我也像妈妈当年那样责怪他，他委屈地说:“为什么总是我的错啊?”我说，外婆养育了四个孩子，我们是兄弟姐妹，是打断骨头连着筋的亲人，走到哪里都丢不下。到了你们这一代，独生的子女没了兄弟姐妹，表兄妹就是最亲的亲人了，你没有理由不带好她们啊?于是，我也一只羊、两只羊的讲起了当年的故事，儿子听完后似懂非懂地点了点头。

是啊，羊年了，又想起自己曾是一只“头羊”的故事，总算没有辜负家人的重托，让弟弟妹妹们一个个顺利地“跟过河来”。愿我们这一大家子，天天美洋洋，处处喜洋洋，让我们的妈妈每天都得意扬扬!

# 孩子，穷养乎，富养乎

某日，我在电话里叫儿子煮饭，这一很自然的话语被一个朋友刚好听到了，她有些惊恐的样子让我有些纳闷儿。至少，在她眼里，我有做后妈的潜质。

然后她开始发表她的观点，大致是说我不能让一个小小的孩子做家务，长大后会阻碍他做大事的脚步。并且她一直坚持“穷养儿子富养女儿”的观念，她舍不得让女儿受一点点委屈，并尽量在物质上满足她。她说自己从小就缺衣少食怕了，不想让女儿吃这种苦，爱女之心日月可鉴，天地做证。

事实上，这些年来，富养的儿子和女儿都越来越多。都说再穷不能穷教育，再苦不能苦孩子。所以，孩子们自理的能力越来越差，问题也越来越多。我想起我们的童年时光，虽然穷苦，但劳动从来不离身。这种本色的成长，它才适合人作为一个社会人在将来的需要。如今，有多少孩子上大学了还不会煮饭洗衣？在母爱眷顾越多的地方，往往越阻止孩子成长的机会。

每一个孩子，都是父母手心里的宝贝，想怎么溺爱都嫌不够，巴不得为他摘取星月，恨不得给他整个世界。可如果他不能学会独立，不敢迎风翱翔，他也要输了整个世界。与其授人以鱼，倒不如授人以渔。这样的道理大家都明白，可一到了自己心肝宝贝，骨头血液相连着的地方，总是那么舍不得放手。一不小心，我们就失去了许多可以让他们成长的机会。

当有一天他们需要独立时，做父母的才突然发现自己的孩子连单独出远门也没有过一次。那些年，不敢让他一个人过马路，不愿意让他一个人待在家里，不放心他一个人出家门。许多许多的不放心，最后成了一辈子的担心。终于，我们真的需要担心他们一辈子了。

时光是一条永不逆流的长河，而我们只有这一次机会，且无任何历史经验来借鉴。每一个孩子都是那么不一样，在陪着他一起长大的日子里，我们也需要不断成长。是严是慈，总得需要一种度。有法有度才成其为道，让孩子走在成长的正常轨道，这是我们一直需要坚定的教育底线。

儿子十岁了，我常常引导他做一些力所能及的事情，并在他做得很好时表扬他。都说好孩子都是表扬出来的，所以我绝不在能赞美他的地方缺席，也绝不会在需要严厉时心软。我一路搀扶他上马骑行，只希望有一天他能纵驰疆场。即使他做不了一个出类拔萃的人，也必须坚持积极向上的学习态度，并且能独立生活，绝不做一个一生也断不了母乳喂养的孩子。无论他在我的视线以内还是视线以外，他都可以做到独善其身，若能兼济别人就再好不过。

我也不希望有一天我的儿子长大了，他娶了一个富养的千金进门，他得像供养一个皇后一样，让她养尊处优，远离人间烟火，十指不沾阳春水。要知道一个只懂得负责优雅和美丽，而不问俗世和琐事的女人，只适合生长在广寒宫。纵然是仙女下凡也必定要脚踩大地，与世同流，才会修得幸福。

试想，若你是一个婆婆，当穷养的儿子遇上富养的儿媳，当是哪般情景。又假若你是一个妈妈，当穷养的女儿碰到富养的女婿，又有多少尊严化成泪珠子。

其实，穷养与富养，我更愿意想成是一种精神上的教义，它脱离了物质的扶持，更具有一种在灵魂上的粗糙与细腻的渗透，说到底应该是一种男子汉的雄壮与小女子的温柔之间的阴阳调和。可是它却背离了初衷，让许多人狭义地理解为物质上的给予。

是婆婆心，还是妈妈心，泾渭分明间，只在你是否学会了换位思考。普天之下，无论是婆婆，还是妈妈，她们总是希望自己的儿女过得幸福美满的。有了这一个共同的目标，那就让我们都来努力吧，努力让自己的儿子和女儿独立坚强，勤劳善良，品性纯良。在生活的细微之处，学会体谅和宽容。在人生的大节上，绝不求全让步。做一个一辈子都直立行走在脚下这片土地上的大写意的人。

# 我妈喜欢

世界上有一种喜欢，叫作“我妈喜欢”。但我妈喜欢我的方式我很不喜欢，好在她太忙了，要侍弄十几亩地和十几头猪，她实在没工夫仔细地喜欢我。她曾在我三岁的时候承诺过要做一条花裙子给我穿，事实上，到我三十岁时，她才想起这件事。更别提我额头上、手臂上、脚上的疤痕是何年何月的事儿。

我妈起早贪黑地忙呀忙，折腾地里圈里的活儿，逢上赶集的那一天，把地里和树上那些蔬菜和果子都搬到街上换钱去，甚至家里任何一只老母鸡的屁股都没逃过我妈的眼睛，硬是把一个九口之家折腾成了村庄里先富起来的人家。

她太忙了，没时间关心发生在我们身上那些有趣的或是悲伤的事情，但对我们的考试成绩却异常关心。我妈喜欢我考得好成绩，但即使是我考得全班第一她也从不肯表扬我，还怀疑我照抄别人的。更别提我考不好时，她总是风风火火地拉起我长满肉刺的手指，或是指着我脚拇指露馅儿讨饭的鞋子，骂我贪玩，甚至连累我家后门口被我爬得光滑的石榴树和柿子树，它们都是我过度贪玩的罪证。

她喝令我们干活的声音很大，常常还在被窝里就心惊胆战地爬起来，要么跟着她下地，要么跟着她上山。她做什么活儿都手脚麻利，所以在她嘴里我们都是些偷奸耍滑的货。她总是说我野马山丘的，不如隔壁的四姐姐那样看门像把锁。

我十五岁那年以优异的成绩考取了中专，成了村里第一个可以端“铁饭碗”的人，我妈大喜过望，一副不知道要怎样表达对我好的样子。一会儿问我要吃洋芋吗？一会儿又问我要吃鸡蛋吗？她对我一好，我反倒不知道该怎样去面对她，所以她问的我全然都不要。我妈忍无可忍的时候就说一些绝决的话，她说她麻麻肚皮舍了吧。当然，无论如何她也不会舍弃我的，且不说我给她带来了无比的荣耀，让她在村庄里的地位一下子变得更加不可动摇，最关键的是我一定是她亲生的，而非买一赠一的赝品。

我对我妈的这些对抗情绪，丝毫不影响她在村庄里的风光，所以她忍受着我，以她喜欢的方式来爱我。哦，不，在村庄里，“爱”这个字是从来不被提起的。我们从来不赤裸裸地说这些让人难为情的话。以致在开学临近的时候，我对我妈想要送我去学校的愿望表示了强烈的抗议，并无所顾忌地威胁她，如果她要送我去学校，我就不读了。吓得我妈花容失色，那时，我妈绝对可以配得上这词，她才三十五岁，是这里远近闻名的美人。我爸义不容辞地承担了送我去学校的重任，我妈没有什么失落的表情，抑或是我连看也没看她一眼。

四年的中专生活，大都是我爸来看望我，我喜欢我爸宽厚随和的性格，就是不喜欢他总是纵容着我妈，竟然还由着她与我爸的表兄弟们拼酒，猜令，大笑。也太肆无忌惮了，却还要天天说我没点女娃子的样儿，不是爬高下低，就是捉鱼摸虾的。终于有一次，我妈还是忍不住来学校看了我一次，见到她的那一刻，我的心突然就软了下来，从前的那些对抗细胞完全不在了。我下课时，她正安静地坐在花园里织毛衣，美美的样子，同学们都说是我姐，一点也不像我认识的我妈的样子。

待我们姐弟四人都从村庄里一个个走出的时候，我妈也渐渐老了，就连我也显得有些老气横秋了。我妈不再高声地呵斥谁了，年轻时的急躁和暴戾荡然无存。然而，令我害怕的是这些东西却在我身体里居住着，一不小心它们就会钻出来吓人。让我时时感觉到遗传基因的强大和无奈，好在我知道了修炼这种词汇，我常常在身体里自残，坚决地绞杀它们。

年轻不懂事时，一直觉得我妈喜欢的和我喜欢的永远是一种冲突，我唯有逆着她，才有存在感，才会让她感知我一直存在。如今阅尽生活甘苦，知道了我妈的千恩万好，再不敢有丝毫违抗，我更显得像个听话的孩子，我妈也更显得像个慈祥的妈妈。在以后的日子中，我愿意百依百顺于我妈，只要她喜欢的就是我喜欢的，选她喜欢的话说，做她喜欢的事，觉得能让我妈喜欢真好！

# 比灵魂还坚硬的指甲

荔枝放在桌上，我用手一个一个地剥好，缓缓地放进外公的嘴里，他用仅有的几颗牙上下鼓捣它们，然后下咽，再张开嘴向我要下一个。外公说，荔枝是他吃过的最好吃的水果。对于从小吃苦长大的外公，再也没有比荔枝更甜蜜的滋味儿了。

遗憾的是这种味道是外公躺在病榻上才品尝到的。从前的从前，荔枝太遥远。累坏了多少马匹，只有贵妃才能消受的东西，向来就不是寻常百姓的奢望。后来的后来，荔枝太昂贵。纵然它们再甜蜜美好，终究不及粗粮大米可以填饱肚子。如今，艰苦已去，托了交通便利的福气，荔枝也如“旧时王谢堂前燕，飞入寻常百姓家”了。

所以，在这个夏天，我每每去看外公时，最不能忘记的就是带上荔枝。对于一个在床上躺了五年的高龄老人，那一张张的百元大钞甚至不如一张废纸更有用，更远不及带些他爱吃的食品，说些他爱听的话管用了。

一向重男轻女的外公高兴地看着我，看着这个他一直不甚看好的黄毛丫头。他说他托了外孙女的福，倒是老来要挂累我。其实，这又哪是挂累，我又不能天天陪伴他身边，不能在他床前端茶递水。想念他了来看看他，说上一席话，匆匆又要离开了。

他说他想一骨碌从床上爬起，到后山上去砍柴背粪，下地去收割耕种。一篮一篮的苞谷背进屋来，流一回畅快的汗，咂一回过瘾的旱烟。躺在床上的日子最难挨！夜里盼天明，天明又盼夜晚，总是没有一个尽头，这阎王爷呀又不肯收留他。

外公说这些话时，我的骨头和筋络一点点往下掉，血管里的血液有了凝固的声音。一个在生死边缘上横躺着的人，求生不能，求死亦不能，只能忍受着病痛的折磨，一天又一天地睁开眼睛活着。可谁又能代替得了他的痛苦呢？儿再孝，女再贤，终不能一把抓了外公身上的疼啊。

照顾一个久病的人，已是一件十分不容易的事了，我又岂敢去要求我的长辈们做更多更难的事。谁又不是一天一天在讨着生活，上至老人，下至孩子，都要吃饭穿衣，挤着人生的公交车去赶场呀。

外公在病床上度过了许多漫长的日子，寂寥的时间久了，难免生出些坏性子。外公的脾气上来时骂儿子，骂儿媳，骂孙子，一个个骂过来，谁敢还口，他骂得更凶。待母亲和姨们去时，还一边愤愤不平地向女儿们诉苦。母亲说，爹爹呀，你现在不能动了，样样要人伺候，就多说些好话吧，好话暖心窝子。

依母亲的性子，换作从前，必然要讨些理去，至少也得连说带笑地让人知道她的意思。如今，唯有低头忍受才是上策。母亲的小智慧似乎让外公有些心服了。他一改往日骂人的声音，安心地当一个病人，无论伺候得好坏，吃了一日三餐，好赖都不再挑剔。

安静下来的外公在床上，显得更加没有生气和斗志，恹恹地躺着，说些无关痛痒无关生死的话语。识字的外公是健谈的，喜欢天文地理、中医草药、鬼神三道。外婆在世时，曾这么讥讽过外公，她说，天上的你知道一半，地上的你全知道！外公捧着厚厚的书，摸着他的胡子，哈哈大笑起来。在外婆的眼里，百无一用是书生，所以，她拼命地把有工作的外公骗回家，并死活把他拴在土地上一生。

远处近处的亲戚们去看外公的时候，那是他的节日，他活得像个被宠爱的孩子，这个儿媳来问冷暖，那个儿媳来问饥饱。人，总是需要些面子的。在面子的情分上，各个都是慈爱孝道的好人。人们走后，外公捂着的嘴巴松开了，但每一次都被母亲又捂上了，母亲害怕裂开的墙壁后面的耳朵会给外公带来更大的苦楚。母亲说，冷饭冷菜伤身，冷言冷语伤心。不如都捂住了吧，别让风知道，别让雷知道。个人心中的债，交给自个儿的良心来还吧。

三四十公斤的外公，瘦若一阵风，母亲和姨们张开双臂，轻松地抱他起来，帮他擦洗，把他屙尿。起初，外公是坚决抵抗的，他不能把他所有的秘密暴露在女儿们的面前。后来，他平静地接受了这个难为情的现实。比起那些被儿女厌弃的老人，外公觉得他是无比幸福的。

我伸手摸摸外公的额头，皮包的骨头硌到我的手，几丝轻微的暖，带着几丝轻微的凉，从我的指尖传递到我的身体。我清晰地感知到一种血脉相连的温度，正穿透到我身体的每一个角落。仿佛外公用他一生的功力注入到我的体内，而我，正担负着延长他的生命的重任。

外公伸出他的手时，弯弯长长的指甲映入我眼帘，外公说一个身闲心闲的人，除了长指甲和头发以外别无所长。指甲剪在外公的指尖上显得行动不便，外公像个孩子似的笑了起来，他说他的指甲远比他的灵魂还坚硬，要用大大的剪刀才奈何得了它。然后说起他坚硬的灵魂，历经数次生死之劫，终还是十分硬朗，连死神也无法靠近。他手上的这十个指甲，连同脚上的十个指甲，就像是戴着盔甲的战士，非刀枪不能进入，比他的灵魂还坚硬呢。

外公的这句话，让我兴致昂扬起来。原来，在他心灵的某个角落，竟然还藏着些诗意的情怀，一个小小的指甲竟然可与灵魂相列。一说到灵魂，外公像是被注射了兴奋剂，他坚定地相信灵魂的存在，并列举若干不着边际的证据来证明他的判断。这种时候，母亲总是要怀疑外公有些糊涂了，而在我看来，外公需要的是一个认同他的听众。至于观点的正确与错误绝非是争论的焦点。

我不能用我的思维去改变一个老人的思维，但我知道即使是一个躺在床上的老人，他的心灵也需要被认同，也需要证明自己有用。这大概是他每次与上大学回来的孙子可以卧谈两个小时不累的原因，当外公从秦朝的商鞅宣讲到清朝的多尔衮时，他安稳地睡熟了。

外公的孤独被他紧紧地捂在被子里，我试着帮他松开一点点，然而，我也只能做到一点点。他没有文化的儿子们是不能走近他的孤独的，只有在他引以为傲的孙子们那里，外公才肯彻底地松开它们。

好几次了，突然不好起来的外公在剃完头，换完衣裳之后，他又突然好了起来。死神一次次地与他擦肩而过。也许是外公举起他坚硬的指甲，让那些戴着盔甲的战士们打败了死神。所以，我才幸福地一次次叫着外公走近他。

然而，每一次在离开时，我都觉得像是一场永别。我抬头望望外公家的山山水水，我害怕在下次来的时候，这个我熟悉的地方就没有了外公的声音。在每一个老家打来的电话里，我时时像一只警觉的猫，害怕那里一声巨响，我就要逃命地奔去。好在灵魂硬朗的外公有惊无险地度过了好几个春秋，以他一生特有的毅力坚持着与命运抗争。

在心底，我明明知道离别是迟早的事儿，却又总是希望这样的时刻可以在最晚的时候到来，那样，母亲就还有做一个孩子的特权，我就还有一次又一次与外公坚硬的灵魂和指甲对话的机会。

2

第二辑

# 锦瑟弦

# 镶嵌在时光之上的情谊

我不记得我与苹什么时候认识的，只记得自从闯入彼此视线以后就再也没有分开过。多少年过去了，我们依然是无话不谈的好朋友，拥有人世间一切的舍不得和疼惜。一直把彼此视为镜子，映照人世的酸甜苦辣，分享雾霭霓虹，共迎凄风苦雨。

那时，我们足够年轻，有大把的青春可以挥霍，我们一起逛街泡吧喝酒聊男人，一起痛哭，一起欢笑，一起疯狂，一起绝望。觉得在生命里拥有彼此，真好！

青春，是贫穷的，相对于物质而言，我们除了两只肩膀一张嘴，既无蜗居，也无按揭。但对于精神来说，我们是那么富足，可以在一本书里打发无数的光阴，为不同的观点争得面红耳赤。也会在一场电影里黯然流泪，为男女主人公的曲折爱情愤愤不平。然后开始争论刘德华的眼神温情，还是周润发的坏笑迷人。永远新鲜的话题浸染出斑斓明亮的青春，寂寞为之让出一条宽敞的马路，我与苹就那样手牵手，数着星星和月亮，迎来春花，送走秋月。

爱情，永远是青春里最动人的亮色，我们坚守着宁缺勿滥的真理，把一个又一个的追求者，用不同标准的尺子，一一“凉拌”了。不论落下“刺玫瑰”还是“金刚石”的雅号，更或许是要遭遇某种不着边际的质疑，也在所不惜。唯有我们自己知道在一场透支了的苦恋或是单恋之后，所有与爱情有关的怦然心动，都是一张不能到期支付的空头支票。一道高高的门槛早已被心灵最深处设置成默认值，如一壶早已烧开了的水，任你加温，水开了就只能保持一种沸腾的状态。只有当别人调侃性别的取向时，我们才对对方流露出警惕的神色，并异口同声地申明自己对女人没什么兴致。说完，相视哈哈大笑。

两只孤傲的杯子放置在一起，并被生活频频举起，这种镜头，常常让我想起某两种动物，天鹅，或是仙鹤。它们优雅而骄傲地活着，可曾有过忧伤和孤单？而我们，有时又是忧伤苦楚的。每一次酒精麻醉过后神情里，都失魂落魄地想念一场只有一个人的爱情。她的他，我的他，都深刻而鲜活地站在那里，没有谁可以取代他们的位置。两只失魂的孤雁，浅酌低诉着每一种伤痛，借此来抚慰漫长的青春。

爱的时候，回忆就像是天空中洁白美丽的云彩，我们就像两只快乐的精灵，穿着红色的舞鞋，霓裳羽衣，舞给最爱的人看。爱，使我们纯洁美好，并以一种神奇的力量，让人的思绪变幻万千，出神入化。在熠熠生辉的眼睛里，我们感知了爱情的魔力。在我们的心中，始终有一个人，他手执魔法棒，主宰着我们的生死。

恨的时候，我们诅咒万物，厌恶人世，恨不得他立刻消失在这个世上。那个让人欢喜让人哭泣的冤家呀，他是我前世的债主。我恨我的前世没有好好修造，为何让香草山上的良人明珠暗投。可是一旦听到有人要诽谤他排斥他诬蔑他时，又奋不顾身地要与人拼命的样子，才知道我们的骨子里，都被人下蛊了。

事实上，那个人太遥远了，遥远得只是一张张青春校园里的照片，存活于天各一方的问候里。有时，会为深夜的一个电话，激动很久，并在第一时间里眉飞色舞地把喜悦分享。有时，会被一种莫名的隐忧侵袭，担心某一天，一切爱情皆无身可葬。

当苹听到他要结婚的消息时万念俱灰，之后，又斗志昂扬地跑来找我，她坚定地说，我要去大闹婚礼。我坚决地说：“我陪你去。”

一场豪华的婚礼上，我第一次见识了这个被苹说了一亿次的男人。我心中涌起无数次的失望，我以为他是完美无暇的，不英俊潇洒玉树临风，也要风流倜傥有款有型。可是，他却是那么不起眼，甚至是那么不顺眼。不可否认的是他身上有一种天然绅士的气质，温润、谦逊、有礼、不惊。我看到苹强作笑颜的眼睛里有闪闪的泪光，它们一次次地涌起。我低声说：“亲爱的，这个新郎，他配不上你，还闹吗？”她说：“我怎么舍得让他在大庭广众之下伤心难堪呢？”说完她泪流满面，我拽着她的手一溜烟儿逃离了。

我知道在一场决绝的爱情里，湿软的话语远不及一杯烈性的白酒有用。在感性与理性的较量之间，女人的眼泪会是一剂良药，许多伤心都会随着泪水流去。无论多么痛的领悟，都挽留不了一场刻骨恋情走进坟墓的归宿。即使流下一片海的泪，也换不回一个人的心。从今天起，就让自己与自己的爱情彻底决裂吧。

痛彻心扉之后的幡然醒悟，总是带有某种不甘心认命的影子。然而，我们都必须要有一颗相信命运的从容之心，不与世界搏斗，更不与自己搏斗。

为了让她更能心安地接受现实，我甚至愚蠢地把苹心中的那个他抨击得体无完肤，正如她把我心中的那个他说得一无是处一样。这些，都不足以影响一个人高大挺拔的身影，他们永远意气风发地站立着，并长期割据着我们脆弱的青春。

当他们都成了别人的新郎，而我们却无法挥挥手向那片天空洒脱地说再见。他过得好时，嫉妒羡慕悔恨交加，以为那是自己唾手可得的幸福，别人都不配拥有那些。他过得不好时，又心疼难过不安苦痛，厌人鸠占鹊巢，恨不能变成可以拯救他于苦海的天使。在爱情里，我们都愿意卑微，并深深地懂得彼此。这些沉重的思念，像一杯杯鸡尾酒，只有两个相同伤心的人才能一同分享它们。

在接近青春的尾声里，我们都选择了俗气的生活。抛弃了心中纯真的爱情以后，我们渐渐成熟了。苹说：“人总是一边受伤，一边成长的，感谢生命中有那样一个人存在，在这辈子想起来时，都有自己的心心念念。”

苹和我，我们就像两条平行的射线，对于生活，我们都有共同的指向。在真善美的河流之上，愿意做时光的同谋者。好在被爱情挫败的我们，并没有被踏实的生活戏弄过，我想这缘于我们内心深处一直保留的赤诚。一如我们对待爱情那样，何人何事，皆愿意用心对待。以海的情怀，激起生活的浪花，在千朵万朵之间，有我们坦荡无邪的笑。

纵然我们身上都有无数缺点，比如苹直言不讳地说她自己贪财好色，而我却任由她的性子来，看着她率真地大笑，质问我有多少爱可以胡来。看着她贪财时的小样，想起了阿紫把蒙古王爷的小金碗收藏进袖子时的可爱。她说自己好色时，多少男人惊艳的目光围着她打转，而她却在谈笑之间让一切樯橹灰飞烟灭时的痛快。她纵容滋长我的任性张扬，让我有彻底骄傲的资本，在我说自己是一枚钉子，即使被人装在口袋里也有伸出头的权利时，她笑得前仰后合的样子，惹得人人尽开颜。我们在知道了彼此的缺点之后，却依然那么热爱对方，愿意一有空闲时就粘在一起，聊理想聊生活，当然更多的时候，我们更愿意聊聊男人。

我知道无论再过去多少年，也无论我们身在何处，只要一个电话，我们就站在彼此的面前。此生，愿意在一段友谊里，选择比爱情更牢靠的天长地久，一世长安。让一切美好的情谊镶嵌在时光之上，你好，我好，他好，我们都好！等有一天，我们老了，拄着拐杖坐在街边的椅子上晒太阳，有资深的帅哥经过时，我们也绝对要窃窃私语。即使有一天，我们都死了，如果有一个人要下地狱，我们也愿意陪着彼此。那时，苹定会拉着我的手说，亲爱的，天堂太拥挤了，让我们去地狱猖獗吧！

# 越写越不像的汉字

同事抬头问我"翘楚"的"翘"怎么写？这个字飞快地在我的眼前闪了闪，我拿过信笺写这个字时，怎么有似是而非的感觉，越写越不像，最后竟然真写不出来了。这样的事已经发生不止一次了，每次都自嘲地说自己老了。事实上，花正芬芳柳正荫的年龄，上有高堂，下有幼子，时间还容不得我老去呀。

什么时候，我把自己所学的许多东西都还给了老师们，连汉字这样天天需要运用的工具，也被电脑和网络摧毁得所剩无几了。看过许多大师们的书法作品，笔如游龙，随心而至，美轮美奂，那时，真觉得汉字就是人类文明心灵最完美的吟唱。透过这些遒劲有力、挺拔秀美、雄强不拘的书法作品，我看到了坚韧卓越的民族之魂，在坚定不移地弘扬着可贵的传统文化。

看看自己偶尔动笔写下的字，歪歪斜斜慵懒无常地横在纸上，自卑自责之心难免会升腾几许，但仅限于当时，过了，也就忘了，因为这实在构不成影响生活的线条。有时也会有信誓旦旦的时候，在一群书法家的对话里，坚定地想让自己走进书法。然而，坚持又是何等艰难呀。冬天了，在寒号鸟的叫声里，我一次次地让自己的誓言冻僵。

我一直深深地记得在我就读的那所财经类中专学校里，多年来致力于培养学生的方向是“四个一”：打一手好算盘，写一手好字，写一手好文章，做一笔好账。那四年的时光里，我曾是那么优秀：珠算水平一流，在各种比赛中获奖无数次，文章锦绣，字迹工整，以优秀学生和优秀实习生的荣耀身份毕业。我无愧于学校培养的目标，即使是我一直认为稍弱项的“写一手好字”，也曾在刚上班时那些手开发票的业主们的赞美声中得到稍许安慰。他们一拿到发票，总是不吝地夸赞我说：“字写得真漂亮，硬朗大气！”

如今，渐渐萎缩下去的汉字就像秋天开败的一池残荷，无精打采地横躺在我的大脑里。想当然地用电脑联想的功能，得到我需要的结果。有一次竟然很荒唐地把同事两个字的名字用五笔当词组来打，在折腾数次无效以后，只好求教于她。她大笑起来，说：“大姐，我的名字不是词组啊！”顿时觉得自己是超级脑残，有些无地自容的感觉。

长得丑也就算了，但跑出来吓人就是你的不对了。好在，我的这些小错误小尴尬只存在于偶尔，我聪明地下载了个万能的字典装在手机里，遇见不懂的地方时，不问度娘就问字典，避免了诸多难堪时刻。最可怕的是坐在台上的领导，经常念错别字，有些错得离谱，属于那种差之毫厘谬以千里之错。想必这些人因为已经长年不需要写字，若是写年终总结没了下属的帮忙，会不会一个总结要写错几十个字呢？

我不知道有一天，当这些传统的东西丢失殆尽时，世界会是什么样子。但我已深知我如果丢失了这些东西，我身上那些可以偶尔在别人闲聊时称得上的小虚荣和小骄傲，必然要被换季清理放血打折。再联想到中国有八万多个汉字，而我只认识常用的三千左右的汉字，待写待用时有的字还常常举棋不定。我赶紧悄悄然地拿起毛笔，在墨香里安安然然地写上两小时。不为有朝一日能成为什么家，只为修正一下自己没走稳当的路。

# 爱的评语

都说婚姻中的两个人，不是东风压倒西风，就是西风压倒东风。事实上，我更愿意把婚姻理解成一个盆地，从四面八方吹来的风进入一个舒缓的平地，它们交汇相容，然后产生出一片温柔繁华之地。

所以，无论结婚多久了，也许都应该在某一个特定的日子回顾一下一起走过的路。

通常，在结婚纪念日的那天，我们没有烛光晚餐也没有玫瑰花，但我们总是习惯性地检阅一下自己的婚姻。他是个语言吝啬却又幽默感十足的人，在给我的评语里，从来不会超过四个字。

有一年，他送给我四个字“惊险刺激”！

此评价缘于一次恶作剧。

那年深秋，我跟随一群不怕死的朋友一起去吃大草乌。这是一种有剧毒的补药，可以增强身体的免疫力，辅助治疗一些疑难病症。传说喝下此药，身体有问题的地方会有明显不适的感觉。但加工的方法很讲究，稍有不注意，就有生命危险。年年都有中毒身亡的人，却从来也阻止不了这片土地上生存的人们对它的热衷。

尽管苦得难以下咽，我还是足足喝了两碗汤，吃了好几个草乌头。第二天早晨，我伸在被子外面的双脚被冻得冰凉。丈夫正穿衣起床，他叫我，我故意不应。已穿戴整齐的他站在床头伸手摸摸我的脚，一下子失声叫了起来。他一边说让你别去吃那些鬼东西你不听，一边忙来抱我。我再也忍不住大笑起来，丈夫一脸惊恐未定，既喜出望外又无辜难堪的表情，笑得我前仰后合花枝乱颤。

又有一次，他出差几日归来，见我锅碗未动的样子。他说我是天底下排名第二懒的女人。当我追问那个排名比我靠前的女人时，他头也不抬地说，就是那个丈夫出门还要挂个粑粑在脖子上，最后还饿死了的女人。

平日里，我总是仗着被宠溺，骄纵任性，自由得有点蛮横。他说，任何我不想做的事情我都可以不做。其实，许多事不是我不会做，只是因为有人做得比我还好，只好开门诸事都交付，柴米油盐醋茶。一旦家里来了客人，我总是担心扫了他的面子，赶紧从厨房忙到厅堂，即使做不出满汉全席，至少也能端上地道的土八碗。朋友们说，你老婆好贤惠，那厮却连连点头说，“闲会”，闲着什么都不会！

儿子在医院打点滴快完了，护士在忙着，我伸手去帮儿子拔针。丈夫赶紧制止我，他说这种细活儿不适合你，还是我来吧。旁边的病友齐声大笑，笑得我从耳朵到脸颊都是热辣辣的。出来埋怨他，结果列举出若干我粗心大意的例子，让我无语申辩。

这些年来，在他给我的评语里，从申明大义、善良诚信，到润物无声、心灵纯净，再到风风火火、世界警察，似乎每四个字的背后都有一段有趣的故事，都体现着他对我的爱与宽容。

左手与右手的爱情，是波澜不惊的平静日子。我知道我身上的这双手，在我有它们的时候，并不觉得怎么样，但我深刻地知道失去了它们，我会痛苦不堪。于是，珍惜着，搀扶着，一起走过一个个琐碎平淡的日子。

有时，我也会与他抱怨我没有爱情。他说，你喝水时怕你烫着，出门时怕吃不好穿不暖，这不是爱情吗？可我知道是他，给了我比爱情更可贵的东西——自由！

爱情，被我焐成亲情以后的爱情，温暖如冬天里贴身的红棉袄。此生，只愿被一个人以一种方式爱到临死。足矣！

# 躲在暗处的饕餮

十年前的那个夏夜，与今晚多么相似，滂沱的大雨没完没了地下，我关紧了门和窗，蜷缩在沙发的一角，静静地与腹中的胎儿对话。我用双手温柔地抚摸着腹部，想象他究竟会长着父亲的小眼睛，还是母亲的大眼睛。想着想着，我就幸福地笑了。我一笑，我的肚子就有了些轻微的动静，才要仔细感受，他又安静下来。我怀着一种准母亲的喜悦，将每一次胎动都夸张地复制下来，并准确地粘贴在夫君的脸上。丈夫笑得像秋天茂盛的菊花。

就在我伸手端过一只茶杯时，我忽然产生一种特别想吃某种东西的欲望，貌似一种躲在暗处的饕餮，敲击着锣鼓横附在我的身上，而我必须要按照它的意愿才能有活命的机会。望着倾盆的大雨，丈夫说，除了田螺，能换种家里有的东西吗？或者，换到明晚再吃可好？他商量的语气更加重了我对这种东西的渴求，恨不能立即入口，好解我馋涎。他冒着大雨冲向了卖烧烤的摊位，去给他的妻儿买一种叫田螺的东西。

我翘着二郎腿，悠闲地想象一种食物入口时的欢畅。思维里却突兀地冒出母亲经常爱说的一句话，我一直觉得那是一句再平常不过的话，它没有什么深意，甚至只是在某种特定条件下母亲的一句口头禅。而就在刚才，我忽然觉得那是一句骂女儿最恶毒的话。母亲总爱在我馋得猫爪抓心似的，急躁地伸出手去拿某种东西往嘴里送时，说莫非是“害病”想吃了。有时，她是笑着说的，而有时，她也面露恶相，凶巴巴地表达她的不愉快。如今，我一下就明白了母亲嘴里所说的“害病”其实就是“害喜”的意思。一个姑娘家家如若得了这病，在那个年代这是一个多么巨大的灾难呀。而我的母亲也许没想过这句话背后所潜藏着的危险，因为她也这么被她的母亲骂了一辈子。

丈夫浑身湿淋淋地回来了，一只白色的快餐盒里躺着热辣冒油的田螺，我迫不及待地用牙签剔出来，一个又一个地往嘴里送，那种大快朵颐的感觉似与我平生素昧相识。我由衷地感谢神灵对人类给予的食物赏赐，让我活得如此痛快淋漓。丈夫看着我的吃相，爱怜中带着轻嗔地拍拍我的脸颊。仿佛我的满足就是他的心愿那样，我被一种彻底的幸福征服着，愿意一万分地相信天长地久，相信长相厮守。

在十月怀胎的艰辛过程中，我有过无数次狠命地想吃某种东西的欲望。当然，每一次，我张张嘴巴撒撒娇，那些东西就会送到我嘴边。最冒险的一种想法是对啤酒的惦记，作为一名正常或是正当的孕妇，我的这种诉求是不会被允许的。丈夫在列举出若干影响胎儿发育的理由后，我依旧无法让这种念头偃旗息鼓，直到母亲气势汹汹地说服和引导。与其说是引导，倒不如说是一种变相的诱导。每当我说我想喝一杯啤酒时，母亲总会说等你生下孩子满月的时候，我让你一次喝个够。我就想啊想，想着满月的那一天，我痛快地饮下一瓶啤酒的幸福。

就在我的孩子满月那天，母亲兑现了她的承诺。我狠狠地喝下了一瓶啤酒，听着自己咕咚咕咚地豪饮下肚的声音，仿佛要把此生的幸福都咽下。第二天，胖嘟嘟的孩子拉肚子了，全家人又是喂药，又是哄睡地折腾着。母亲瞅了我一眼，她又说你“害病”

想吃了，害得娃娃跟着你受罪。我像一只斗败的公鸡，缩回我的卧室思过去。

缓缓地活了许多年后，我却再无想吃任何东西的强烈念想。食物，只是一种能填饱肚子的东西。至于用什么东西来填饱它已然不重要了。常常走在菜市场街上，不知自己应该买些什么菜，只好日常的白菜、土豆、黄瓜、猪肉、牛肉地买回些去。有时，母亲去买菜，她总要问我你想吃什么，我常常都回答她说“随便”。可人人都不知道这“随便”到底是什么东西，似乎它根本不是什么东西，它只潜藏在我们心中的一种不知道抑或说是不在乎的一种可替代物。

在温饱都难解决的年代，“随便”是一种万万没有的东西。没有选择的余地时，人们往往无法随便。如今，丰沛的食物，丰足的衣物，倒让人有些无所适从了，以致不知道今天想吃什么，明天想穿什么，只好让脱口而出的“随便”来任意取代。

每年端午节、中秋节等诸多节日来临时，月饼、粽子等一应买回，仿佛我买回它们就等于买回我的节日。只有通过它们，我才能与节日分享我的喜悦。事实上，节日一过，它们的身价迅速下跌。母亲不厌烦地把那些食品添加到餐桌上，以不肯舍弃的强烈姿态迫使我对食物敬畏。一向不信神灵的母亲在那种时刻，脸上突然就充满了神性的光辉。她说今生的衣禄是前世的修造，你若不想吃，就让我吃了吧，丢弃它们，我要背上这一世的过失的。

年龄越大些，越肯对自己好一些，尤其不再看重身外那些浮名浅利。常常询问一下自己内心的需要，但凡有一丝的念头闪过心间，我总不厌烦地要满足自己，哪怕它多花费些钱财，多花费些精力。只是没有了狠命的想念，也就没有了酣畅的享受。对于食物的贪恋大抵也如人的许多欲望一样吧，有时只是身体上发出的一种信号。

用母亲的话来衡量，其实，我是很想“害病”的，病了，我就可以恣意地享受作为病人的特权，最忠诚地遵循身体的召唤。如今，我是健康明朗的，无论是身体还是心灵，可我在精神上的某种感召力却是真病了。恹恹地横下身心，却又十分努力地想让自己振作，哪怕只是从对一种食物的欲望开始。

外面还下着滂沱的大雨，丈夫的电话响了，他有事正要出去。这是个怀旧的夜晚，我忽然有了种想吃小黄鱼的念头，这种感觉让我很兴奋。丈夫高兴地应承着，说一定让我吃上猫科动物的食品。十几分钟后，他打来电话，说跑了十几家了，没有我想要的东西，可否换些品种，随口就列举了好多。可是，他说的那些，无一样是我想要吃的，就连我想要吃小黄鱼的念想也一下子被他掐断。我说，你回来吧，我不想吃了。

入夜了，我听着雨声，辗转不眠，狠命地把我认识的食物翻出来，一个个地走过，没有哪一样让我惊喜，没有哪一种会是我预设的约定。我多么渴望躲在暗处的饕餮窜入我的体内，让我奋不顾身地为了某个目标而充满渴望，换回我激情的生命。

# 像鹰那样

秋风瑟瑟的街头，一个瘦弱的孩子手捧着父亲的遗像，他的悲伤和眼泪被唢呐放得很大。当我的目光聚焦在那张遗像上时，我看到了一张年轻的面孔。

一片凋零的落叶打在我的头上，我不由得伸手触摸了一下自己的年龄。我脆弱的生命也似这片落叶一样，正走在飘零的路上。唯一不同的是他生命的长度已被死亡亲自丈量，而我正在等待被丈量的日子。

在那个深夜，我开始追问自己的下落。我来自何方，将去向何处？在生与死的中间，我应该以一种什么样的姿态来拓展生命的内涵。这样的反思，让失眠的夜变成一袭香冷的衣裳，独孤地与明月对视。

很长时间了，我在安乐里放生自己，随波逐流。把自己当作一粒尘土，每天上演着与无数尘土相遇的平凡故事。从不问来处，也不惧归路。品着一杯白开水，喝到凉了，然后续上。

就这样，许多明天，是一个个没有额度的透支卡。我随意挥霍，任性霸占。这种状态颇似一个傍上大款的美少女，迫不及待地享受一切，直到某天被新欢所取代。我蓦然回头，发现青春于我已是一笔没有准备的坏账。

时光温柔地绑架了我，而我亦失去了反抗的勇气。它权威地安置着我的角色，无论我有没有这个能力，都必须登上这个舞台献丑或是炫美。很多时候，我被无知、无辜、懊恼、迷茫、倦怠、慵懒充斥着，可我早已习惯了逆来顺受，就连偶尔激发出来的叛逆也显得那么轻微。

我甚至常常把自己当成一棵长在山间的松树，不被修剪，不受限制，没有人工雕琢过的痕迹，只长成自己的模样。无论枝叶的自由散漫，无论躯干的弯曲长势，自恋地称之为风骨。

当我看到一只鹰飞过天空时，我却产生一种想要飞翔的冲动。我才知道自己我的身体里一直潜伏着一只鹰，一只想翱翔长空的鹰。因为我没有选择重生的勇气，所以成了一只等待死亡的鹰。如今，除了眼睛还有鹰的特征，我的翅膀和爪子，还有喙，都变了样子。

是一场与我无关的葬礼，它解救了我的迷茫。我开始对我即将逝去的青春感到无比羞愧和后悔。

我被生活规训成一只陀螺，早已习惯了独善其身。我时常带着一种惰性的思维对生存做出最疲软的抵抗。我以为我不给这个世界制造混乱，就是一种贡献。

后来发现，我被染色了。在别人评判的眼光中，我被赋予一种别人需要的色彩。哪怕我尽力要做到的不缺位和不越位，也显得有些力不从心。

变形的思维，接受着无数荒诞和离奇。我究竟还揣着多少真实，又诱骗了多少糊涂。喝过无数次喜酒，有多少次让欢喜与自己同行。参加过无数次葬礼，又有哪次的悲伤直抵心中？

这优柔的青春，到底祸害了多少理想？这寡断的决策，埋藏着多少祸根？想要放弃，又无法做到彻底。想要坚持，却不是那么执着。

我想起了鹰的蜕变。当然这只是许多资料的显示，我并没有深刻地探究过，但因为它是励志的，所以对我就成了必要的。

通常，一只鹰有七十年的寿命，但当它活到四十岁的时候必须面临一次选择。那时，它沉重的翅膀让飞翔显得吃力，老化的爪子在捕捉猎物时不再那么灵巧，又弯又长的喙只能啄到自己的胸脯了。它要么选择死亡，要么蜕变自己。鹰飞上高高的悬崖，选择一个舒适的地方筑巢。然后用它的喙敲打岩石，直到完全脱落。它静静等新的喙重新长出。再用喙拔掉指甲，等指甲长出后，再拔掉羽毛。新的羽毛长出后，鹰又可以飞翔了。经过这漫长而疼痛的一百五十天，鹰又获得了三十年的生命。当然，也有经受不起痛苦而选择放弃的鹰。

这种对自我的重新认识，有解剖的意味，疼痛是在所难免的。我知道一个迷失的自我，必定要丧失一切本真。我必须像鹰那样做出艰难的选择。在不确定的未来，给自己一次重生的机会。

一只神鹰飞过蓝天，我忽然产生了无限的动力，仿佛我新的翅膀就要长出。

# 别有一番乐趣在心头

闺蜜约我去湖边散步，车到楼下，让我快些下去。我忙不迭地跑下楼，坐上她的车，一路欢笑着朝湖边奔去。美丽的湖边，打太极的、拉二胡的、逗鸟的，真是热闹非凡。我和闺蜜找了条僻静的小路，边走边聊，聊工作、聊孩子，也顺便聊聊刚才打招呼的那个资深帅哥。

天色渐渐黯淡下来，我的脚也隐隐作痛。闺蜜把我送到楼下，扬尘而去，我轻快地跑上五楼，走到家门口才发现我既没带手机，也没带钥匙。敲敲门，无人应声。我知道孩子正在他姑妈家和他表兄乐呵着呢；妈去了姨家；老公去哪儿了呢？

抱着侥幸心理，我摸索着找到老公的朋友家。果然，老公与他的好友正在玩那个历史悠久的游戏——打麻将。几个男人见我来了，脸上神色各异。最尴尬的莫过于我老公了，他悄悄把我拉出门，往我手里塞钱。哈，把我高兴得像是捡了金元宝。他说，你赶紧回家去，回家去！

我拿着那几张大钞，心里盘算着明天周日，该怎么约上闺蜜去西宁路把它消灭了……待我走回家，才发现我一高兴，连正事儿都忘办了，好在老公朋友家就在我们小区后面。我有点郁闷地折回去敲门，这次，老公朋友们的神色中多了几丝警惕，可能以为我要把那张桌子掀翻。老公满脸笑容地把我拉到一旁，又塞给我一张大钞。我心里真是乐开了花，心想这一趟真是没白走。

我说我忘记带钥匙了，借他的一用。哥儿几个的神情完全松懈下来，随即爆发大笑。老公使劲拍了一下大腿，一副恍然大悟又后悔莫及的样子。

儿子说了："粗心大意者，是为遗传也。"这小子，经常为他的丢三落四找理由。不过他也没说错，他妈妈确实就是这样的人。小时候为他剪指甲剪到肉，放洗澡水烫到腿……他吃了许多粗心妈妈的"生亏"。不过，在我们娘儿俩的生活中，也常有小惊喜出现，比如翻阅旧物，忽然看到找了很久的东西，就会有种失而复得的喜悦。有时还能在书中翻到小零钱。每次我都开心地跟儿子说："你看，书中自有黄金屋吧？"后来我与老公将错就错，干脆夹些零钱在那些枯燥却知识丰沛的"大部头"里，倒也别有一番乐趣。

每次丢三落四之后，总想着要"吃一堑，长一智"，可每次丢三落四的经过总是那样不同，让人防不胜防。比如上周末，我和闺蜜散步回来，相约去喝杯咖啡。喝完才发现我们都没带钱。还好我们带了手机，可以找个朋友解困。店家"小二"热情地说，不用了，他可以为我们挂账。可是，"赊咖啡"这种事儿，着实与我们浪漫小资的气质不符，传出去也惹人发笑。

算了，姑且这样过着马大哈的生活，虽然有些无奈，但时常可见意想不到的人生风景，倒是为平淡的生活增添了不少亮色。

# 爱的同盟军

在我娘给我的教义里，女儿如若嫁出去，再贴赔身后的娘家人挨骂受辱，那就是做父母娘老子的过错，至少说明自己教育了一个不够贤淑的女儿，不能尽好女人的本分。在我即将当新娘的那些日子，我娘对我耳提面命谆谆教诲，巴不得把她一生的经验都传授给我。我当时的情绪还带着一种叛逆，不把她的话当作正经话来听，总是很主观地以为她是要为自己找个体面的台阶，好在日后我与她有争执的时候，她不费任何吹灰之力就占了上风。

当两个完全有着不同生活履历背景的人，在开始同一标准的生活时，难免发生许多战争与妥协。吻和泪常常是新婚生活中最突出的两个线条，有多少喜悦、欢笑、甜蜜，就伴随着多少失望、灰心、眼泪。有时，甚至有些小绝望，动辄就要产生一种逃离枷锁的冲动。

其实，只是生活中一些太小的事，比如，为牙刷的倒摆还是正摆，牙膏该挤中间还是底部，或许是洗碗的程序，抹布应该摆放的位置。小小的争执，因为语气的轻重，常常让夫妻间的战事白热化。

在我冷静的时候，我常常想起娘的一些话语，夫妻纲常，阴阳调和，和谐生圆。我慢慢学会过滤和思考，学会妥协和让步，让本来强势的东西慢慢柔软下来。

许多时候人是清醒的，但一激动起来就难免要犯些糊涂。某次，我提着旅行箱，准备上演一出离家出走的闹剧。丈夫在阻止求和无效之后，他摊开了双手，嘱咐我一定要小心，注意安全等废话。在开门的刹那间，我的脑袋突然灵光一现，我说我不走了，该离家的应该不是我才对。厮人大喜过望，连夸他老婆聪明。自此之后，我断绝了一切想要负气离家的所有念头，安心地原谅他，也原谅自己。

原来，娘想要让我明白的许多事，是我要亲历实践以后才能懂得的。思想通达以后，前面的路就平坦多了。不再为鸡毛蒜皮的事闹得鸡犬不宁，不再为无端的猜疑而费神伤心，就连偶尔升腾起来的小悲伤也有些浅浅淡淡起来。

放下以后，一切宽敞明亮起来。俗话说，夫妻同心，黄土变成金。一对同德的夫妻，如顺水之舟，且行且歌唱。

当日子渐渐地丰裕起来的时候，身体却慢慢地沦陷了。医院给出的单子上，除了心和脑之外，肝脏、肾脏、腰椎、颈椎等部位，无一敢言健康。明知这身子是自己的，可是这些年以来，除了岁月是不可抵挡的力量以外，自己也成了谋害自己的同谋。从饮酒、熬夜、垃圾食品的摄入，到大喜大悲的自残中，样样皆是慢性毒药，却天天乐此不彼地喝下去。

长串的医嘱让我有些惊心，更惊心的是丈夫那一句："没事，至少你还可以当植物人。"冰冷冷地落在我的背脊上，又热乎乎地浇下一瓢水，他说，以后我陪你锻炼去。一句简短普通的语言，险些让我热泪盈眶。若不是朝朝夕夕存留下来的爱，又有谁可以这么暖心暖肺地在意我的死活呢？

所有抱怨与忧伤，在一种被现实既定了的生活面前，不可能再有嫌弃与叛离的说法。无论被我装饰修改成如何的模样，我都要像爱自己那样爱着这个家。无论站在此岸还是彼岸，我们都不分彼此。我们是一个堡垒，有共同的温暖和共同的指向，可以享受一切物质与精神上的既得利益，也必须要担当所有风雨雷电带来的意外。

生活常常需要同盟军，这一种心理上无限的认同，是一种情感的皈依，进而产生出高能量的爱来。诚如我可亲可敬的娘，她永远是我不能缺少的同盟军，我所拥有的一切皆来自于她的恩赐。所以，当醉酒的女儿被女婿告状时，娘浅浅一笑说，有时我也会喝醉。女婿说女儿的脾气不好时，娘说，我年轻的时候也急躁，等上了点年纪，慢慢就好了。娘的言语如化骨绵掌，优雅温柔地让春风化作细雨，滋润了两颗毛躁的心灵。

此生，滔滔的爱意如涌而出，献给了亲情友情爱情，他们都是我爱的同盟军。无论我走到哪里，只要我还有能力爱着的一天，我都要义无反顾地爱下去。

# 生活的教材

这幢楼里住着一对有趣的邻居，他们在这里住了将近三十年了，来来往往的住户们走了旧的，又来了新的，但他们两家人的故事总是这个小区里最热门的话题。

他们之间有太多的共同点，却又感觉那么不相似。比如，他们都是学校的老师，在同一年诞下了女儿，在同一年晋升为校长。不同的是一个是小学校长，一个是中学校长。他们的妻子都是下岗工人，但性格却有着极大的差异。小学校长的妻子沉默贤良，中学校长的妻子得理不饶人。

他们的女儿从小到大，都不是要好的伙伴，却因是邻居，又让人觉得她们是一对好伙伴。两家人一路磕绊着，也一路相安无事。文化人之间的关系有时显得很微妙，他们既不会大打出手，也不会疏远陌路，有点冷战，有点灰色。似乎在暗地里较着什么劲儿，可在表面上又要装作若无其事。

两个女孩子都不是那么出类拔萃，容貌也显得平常不起眼，在经历了一系列的义务教育到高等教育以后，她们都有了一份能养活自己的工作。从这点来说，两个做校长的男人似乎很满意。

到了她们找对象的年龄，不满意的事情就多了起来。两对父母都觉得他们的女儿是千金之躯，至少可抵十万大军。势利之人，外强中干之人，行走江湖之人，甚至青年才俊，良家孝子，一个个都入不了他们的法眼。

在农村有句俚语，养大牛大马好看，养大姑娘难看！在文化人那里的表述应该是，女人在合适的年龄应该干合适的事情。

两家父母在一起讨论时有了个默契的决定，只要是女儿喜欢的就由着她去吧。结果，小学校长的女儿喜欢上了一个闯荡江湖的毛脚小伙子，不声不响就说要结婚了。父母把该说的话说尽了，终于拗不过女儿一颗掉进爱河的心。中学校长的女儿带回一个敞亮的法官，一副意气风发，踌躇满志的样子，从相貌到工作单位，到个人素质，在老两口眼里，甚至在邻居的老两口眼里都是满意的，唯一不满意的是他的身世——一个世代农民的家里，为供他上大学，欠下一屁股债。

两个女儿都欢喜地出阁了，接下来的日子，顺理成章地生孩子过日子。

可是，年轻小夫妻间的小矛盾小摩擦不时升级到了娘家，尤其是中学校长的女儿，大着嗓门儿趾高气扬，以高人一等的口吻，与丈夫闹个不停。有一次，甚至动手打了起来。这下可不得了，中学校长看着被打伤的女儿，气血一时涌上了头，拉着女儿的手，恨不得把这毛脚女婿踩了才解恨。他用手指女婿的脑门儿，用比他女儿恶狠百倍的语气说："老子的姑娘是下嫁给你了，你凭什么这么对她？是你祖宗烧了高香，才攀附上我们这种人家的……"女婿的脸上一片惨白。

女婿的所有尊严在这对父女的眼中不值一文钱，他想离婚，可妻子的肚子里有了孩子。慢慢地，他在家里的地位简直不如家里养的那只名叫"豆豆"的宠物狗了，在岳父母和妻子的重重压力下，诞生了一颗自卑猥琐的内心，处处小心翼翼，天天担心吊胆。这样的局面助长了一个暴虐的妻子，从此，他成了家庭暴力的对象。

小学校长的女儿和女婿回娘家，小两口拌起了嘴，女婿伸手就打了妻子的左脸，这一幕恰好被刚要进门的岳父撞见了。岳父不动声色地退了出去。到晚上吃饭时，岳父跟女婿你一杯我一杯地畅饮了许多杯以后，岳父发话了。他说：“我这个女儿从小娇生惯养，脾气不好，我们没教好她，很是惭愧，这点是我们对不住你。”女婿的脸像是被人抽了几个耳光，坐立不安，诚惶诚恐地看着岳父。岳父又端起酒杯说：“来，咱们爷儿俩再喝一杯。”他往女婿的碗里夹了块火腿，顿了顿又说：“她那么柔弱，经不起你几个巴掌的，以后你别对她动手，若是日子实在过不去，你把她送来还给我们，我们继续管教。至于说娃娃，等生下来后，我负责帮你们带到十六岁，到时谁想来领都好。”女婿听完这席话，脸和心都火辣辣地疼着痛着，他闯荡江湖许多年，流过许多血，见过许多骨，但没有哪一次遇见过这样细细的鞭子，让他一次就记得。

此后，他牢牢地记着岳父的话，越发珍爱自己的妻子，尊敬岳父母，一个小家经营得幸福温馨。

十年后，中学校长的女婿得了抑郁症，女儿面容憔悴地出入这幢楼里。而小学校长的女儿女婿在都市给他们买了别墅，老两口像候鸟一样，来回在小城和都市之间。两家人见面时，小学校长夫妇不敢高兴，也不敢难过，总是怕伤害邻居的自尊。中学校长夫妇，一个脸长，一个角弯，伴着互相的埋怨和眼泪。

这对邻居的故事慢慢成了远近小区教育孩子的一种教材，只是一个是正面的，一个是反面的。

# 轻轻摇动茴香草

在一个黄昏，我循着墨香的味道，思绪穿越时光的缝隙，回到一个久远的年代。那时，君不在长江头，我也不在长江尾。我只是种植在某个院落的茴香草，在一个雨后的早晨，被人轻轻摇动过。那个执剑天涯的书生曾这样唱过："高枝高秆是高粱，细枝细叶茴香草，妹是后院茴香草，轻轻摇动满园香。"

书生唱得婉转深情，我听得意乱情迷，在眼神与眼神交接之间，在香味与香味弥漫之处，我听到两颗怦然而动的心。然而，有些际遇注定只是两块同极的磁石，不能相互吸引，只是一直惺惺相惜。害怕一种异物的入侵，会破坏整个磁场的秩序，于是，选择匆匆逃离。在彼此不能交集的地方转身遥望那一个越来越模糊的黑点。

随后，你筑起你的高墙，我进入我的樊篱。

我们都忽略了一次偶然的邂逅，抑或只是一种际遇，但我们从来没有忘记过生活的主题。我们在没有誓言的航线上来回穿梭，彼此漠视着，一任此去经年，再无相遇。

我不知道你的心里是否收藏着一片潮热，但我心灵的深处一直有一块湿润之地。即使生活的轨迹不能相交，纵然生命的成色不能辉映。但在听到有关你的一切时，心是柔软的。在说起你的点滴时，一定兴致昂扬，温暖绵长。且这种感觉，不会随着时光的转移而消退。

我不肯把这样的感觉视为是爱的开端，我害怕爱如流星的短暂不足以支撑起一种难得的情怀。我只是想，你是一片森林里秀美的大树，无可避免地要被风知道。

我收藏了时光里遇见的美好情愫，从不敢忽略生活里与生俱来的平淡甘苦。让一切从容，让一切回归，坚定地走在最正常的轨道上。坚信人生的使然，隔了时空，忘了爱恨，上帝的归于上帝，罗马的还是罗马。

平静的后院，只是一片小小的江湖，一棵茴香草以缓慢的速度在年轮之间生长，从未被精心侍弄过，在园子的边角之间，邻里的交界之上，充当着一种不成文的标志。与主人打造的整片芫荽的芳菲相比，略显得单薄普通，但无论春暖夏绿，追求生机蓬勃仍是不变的主题。

季节让世界变得秩序井然，我们都忙着构筑着自己的人生，打造着颜色不一样的烟火，各有各的质感与幸福。与一些际遇从来不密切地联系与问候。然而我们都深知可以省略的必定是不重要的，可以忽视的未必就是没有重量的。有时，恰恰是因为貌似的高高挂起，才透露出一种曾经的端倪。

正因为有过一些美好的情愫，生活才处处是脉脉的温情。我喜欢有悬念的人生，那里挂着岁月留下的惊喜。

走过了，路过了，也错过了，唯一能留下的就是记忆了。这样一种情愫，绝没有银河落九天的豪迈，但一定有梅子黄时日日晴的温情。时光剪断我的头发，却剪不断这千丝结成的蛛网。总要在一次不经意的相遇里，回想满园的香味。而此时，我已老成一株千年的茴香精。

有人说，但凡经过时光发酵的情感，都有着陈年佳酿的美妙。

但凡经过时间磨砺的灵魂，都会长出精灵的翅膀，甚至成妖成怪。当我站在时光的长河瞭望的时候，我最愿意变成长着翅膀的天使，偶然飞过你的天空，浑身带着茴香草的味道。在你举目触及的地方，处处暗香浮动。

在所有的收获里，唯一让人记住的永远是那一枚从未被采摘过的果实。于是，惦记成了一种极致的念想，时刻长在心间。从不落入俗世，因为最不能接受红尘里最不美妙的结局。在心心念念之间，在反反复复之际，我们是一味人间不老的心药。我是我的茴香草，你还是你的细高粱。

# 恰同学少年

小牛从上床迅速地蹿下来，门一声响，她溜去外面上厕所了。外面正是北风呼呼，珠江源头的第一城——曲靖的天气已经开始有些凛冽的寒意了。她吸着冷气回到宿舍，像只喜鹊那样大叫着："起床了，起床了！"

白色的蚊帐里面有了些翻身和呢喃的声音，接着，又陷入了寂静中。有的人醒了，有的人还在梦中。周末的早晨，我们这群平日里叽叽喳喳的女孩子们喜欢赖床，以一副谁也别叫醒我的姿态想睡到自然醒。

可小牛同学总喜欢做个周扒皮，把她手里的簸箕拍得山响，这不，她冻僵的手在冷不丁之间已经伸到我的被窝里来了，我一声尖叫，她又从我的蚊帐窜到阿华的蚊帐里，"吧唧"一声清脆的响声，紧接着阿华大叫"非礼"，还说"变态女色魔"。寝室里一片笑声，大家都纷纷起床了。

小牛一边擦着她永远锃亮的皮鞋，一边开始宣讲昨晚刚看过的电影。话题永远都是陈旧的话题，不外乎书、电影和男生，而争论永远是都是新鲜的争论。那时武侠小说正大行其道，令狐冲成了我青春里的偶像，而在我们的班级里怎么也找不到一个像令狐冲一样侠骨柔情的男同学。所以，四年来，我们寝室的女生基本处于失恋状态。即使偶有萌芽，也被班主任郭老师亲手掐断。

要知道我们这群学生的年龄都在十五岁左右，正值上高中的年纪。不幸的是，我们都失去了上大学的权利，在初中就以最优异的成绩考上了中专，成为当时人们心中的准吃“铁饭碗”的人。而郭老师就成了我们的监护人，她永远像个严厉的妈妈，不准我们这样，不准我们那样，最不准我们还没成熟就开始发芽。

女生大楼的下面是高筑的铁丝网，禁止一切异性的侵入。我们寝室里的八个女同学，貌似都还没长开的样子，在课余时间里，不是相约看电影，就是泡在图书馆，而每天晚上，照例是卧谈会。

卧谈会的主讲永远是小牛，她个子矮，身子壮实，喜欢吃肉，喜欢读书，常年剪着短发，在我们尚不需要谈论女人味的时候，小牛的造型就是好学生的典范。她姓牛，所以大家都叫她小牛。每个人都有一个大家喜欢称呼的昵称，那是我们的代号。小牛写得一手漂亮的钢笔字，潇洒自如，劲道有力，与她阳刚的性格暗合。还写得一手好文章，她与我和芳被同学们戏称为“三大才女”。

有趣的是这三个有点小才的姑娘都在同一寝室，这给我们增添了许多共同的话题。一本书常常从这个人的手上传到那个人的手上，然后为书中主人公的命运遗憾担心。一部电影又成为我们久久的谈资，从施瓦辛格到汤姆·克鲁斯，从周润发到刘德华。小牛甚至带领我们去看通宵的电影，常常在黎明时归至校门，装作出去买早餐的好学生。

有一次甚至被几个小青年追逐，大逃亡似的跑了很久，好在有惊无险。如今想来，那算是我学生时代里最惊险刺激的往事，大多时候我们都太四平八稳地当了好学生。听话乖巧，考试成绩优秀，不做违纪的事，天天向上，处处维护自身和集体的形象。

我是明亮的，小牛是阳刚的，而芳是温婉的，另外的女同学们，或是热衷于绘画的芬，醉心于唱歌的阿华，或是球技一流的温。我们的小世界里，温暖明媚，时时彰显的文艺范儿让我有种脱俗的幻觉。四年的时光匆匆，既无深刻的恋情出现，也没有惊心的记忆，所以，分别时，忧伤也只是淡淡的忧伤。

各奔东西后的生活大可以忽略了，但我要提的是，身怀六甲的小牛在某天突然离世了，接到这个消息时，天空惊雷滚滚，一如我心。突如其来的头疼，缠住小牛的身体。一个鲜活的生命没了，还带着一个尚未来得及出世的孩子。我没去送她，我害怕看到那个失去妻子失去孩子的伤心人。他高大阳光，干净整洁，是小牛心中理想的白马王子。我只记得小牛拉着我的手，甜蜜地说，他很好，很好！然后露出一种少有的羞涩，在她脸上，我唯一见过那一次。而另一个女同学芬则在电话里对我说，小牛的老公太优秀了，居然洗碗也顺便把灶台擦得干干净净。

这一切，分明还是昨天的事，如今却变成了阴阳两世。看着窗外车水马龙的热闹世界，现世尚且安稳，不知小牛的世界一切可安好？我想一定是小牛收到了我想念她的信息，就在那天晚上，我做了一个梦，梦见小牛去了天上，她生了个漂亮的女儿，长着一对白色的翅膀，我抬头看天时，正看见她带着女儿学习飞翔，她们都冲着我笑，一副甜蜜美好的样子。

# 叛逆者

那是一片废弃的工厂，残垣断壁处野草疯狂地生长。烟熏过的红砖散落在四处，带着雨淋日晒过后被抛弃的落寞，如我刚刚散落了一地的青春。我喜欢来这里，在露珠清醒时，在夕阳残照时，以一种忘我的姿势贪婪地霸占着它裸露的身体。

在一个细窄的回廊上，从这端滑向那端，我感觉自己像一条游移在沙子深处寻找水源的泥鳅。我赤足踩着那些断裂了的砖头，就像走过每天的生活。它陈旧、凌乱、不变，似乎还有某种不甘心的期待。有时，足底会有些细微的疼痛感，让人产生一些远离麻木的复苏之感。

我抚摸着残破的墙壁，亲近着草尖的露水，舌苔上不时涌起一种湿滑的香味。我在这种零距离的接触中，得到一种被认同的快感。正是这些年久失修的废墟，让我找到了失散多年的自己。

自从我的生活与爱情的味道彻底决裂以后，对颓废和迷离的东西总有一种莫名的亲昵。那种带着神秘的不安和躁动，紧紧地吸附在我神经的末梢。我一边抗拒，又一边无条件地接纳着，像一个青春期的孩子渴望探索自己身体的奥秘那样。

在那年的灯火阑珊处，我不知道自己是如何走失的。走着走着，我就远离了故乡。我曾经多么迫不及待地把自己出售给人间烟火呀，被一种叫作幸福或是貌似幸福的东西长期地占领着。

幸福和假装幸福的时光久了，也就异常地厌倦，像厌倦人性的劣根那样厌倦。一些小欢喜、小惊讶、小虚荣、小膨胀，早已被生活归顺了。一杯凉凉的白开水，喝完了，我再续上。

在一个幽深的夜晚，卧听芭蕉叶上的雨声呜咽时，我突然想到了死亡。我并不害怕死亡，它只是我熟睡之后的永久延长。我唯一害怕的是当有一天我要死的时候，对这世间还怀着某种深刻的渴望。

可是，我常常弄不明白我到底在渴望什么。或许它是一种被量化了的物质，抑或是一种被模拟的高度。我曾在酒醉的月亮下面深切地问过自己，无数次地被否定以后我想到了爱情，可跟一个有爱人的人再去谈爱情，这多少是可耻的。

事实上，人们常混淆了爱人和爱情，误会了激情和爱情。若是仔细地推敲，它们又是那么经不起推敲。好比一摊浑水里养着的鱼儿，它若是不露出水面，你分辨不出它们的具体行踪。即使你一直看不见它们的踪影，你也不能否认它们鲜活的存在。

被平淡的生活揪出的异端，总是带着某种叛逆。而这种叛逆，只有放在爱情的身上，才更有生活的质感。它带着喜悦和盼望，像一幕观众永远喜闻乐见的戏剧，从街头传播到街尾。

我一直清楚地知道一个道理：对于一个女人来说，爱情远远比事业更有杀伤力，选对爱情远比选对事业更重要。所以，才有女人愿意把爱情当事业来经营，一生沉浮在爱海里，愿意万劫不复，愿意长世久安。尽管我常常在归顺别人时说，女人应该在拥有爱情的时候好好地享受爱情，没有爱情的时候好好地怀念爱情。

精致的鱼缸里，那双双游来游去的鱼儿，我看着它们，就像看着被我养殖好的爱情。饭在桌上，人在书上，我仔细对照着别人的日子检阅着自己的生活。我若是再敢说些抱怨和不满，唯恐天上的雷声轰隆，六月的飞雪迎面扑来。

我把脖子紧缩到衣领里，笑嘻嘻地迎合着被赏赐的生活。当然，作为一个有良知的人，即使不山呼万岁，我也必定愿意谢主隆恩。

在顺理成章的安排中，虚设了多少良辰美景，又增添了多少百无聊赖。它们，都像天上的星星一样繁多。而月亮，只有一个，每到十五，它就圆了，这个周期比我身上的月事还准确。

自从我为自己世俗的幸福找到一个路径以后，我就一直试着在给自己的心灵找一个合适的出口。我甚至用各种颜色的棉花来填满它，然后又不断地释放它，试图在这个过程里寻找一种存在的意义。貌似在别人那里，我得到了一种粗略的认同，我甚至一度有些沾沾自喜。

楼下的树荫下，若隐若现的一对年轻男女，华灯夜深处，他们忘情地让嘴唇纠缠在一起，彼此的双手在焦灼地探索着衣服下的皮肤，想要顷刻间就吞咽了对方的身体。偶有人经过，他们停止了亲吻，但依然紧紧地拥抱在一起，仿佛将要永远地别离。

这一次无意的窥视中，让我有些惊慌失措起来。我被一双有力的手紧紧地从后面抱住了，然后我的脖子、耳朵、脸颊上滴下了许多雨点。龟裂的大地渐渐湿润，然后被一场痛快的春雨滋润了一个夜晚。

我知道被复苏的土地再过一季就干旱了。对于爱情，我只有朝圣者的灵魂。

所以，我喜欢找一些生活的同僚，以证实我不太肤浅的生活。

那片废墟足可以剪辑我的许多影子。一条艳丽的丝巾，在风中飘荡，华丽与颓废的对比成了一种绝望的美。我拿着相机或是手机，无止境地自拍。我与夕阳、野草、晚风成了亲密的恋人。我们像树荫下亲密的那对恋人，紧紧地拥抱着彼此的身体。

一阵风吹过，有几丝凛冽，我痛快地打了声喷嚏之后收起那条梦幻橙色的丝巾，抬起眼睛找我的鞋子。就在那一刻，我看见一个人，一个长长的镜头远远地对着我，我有些看不清他脸上的表情。他抬起手，似是跟我打招呼。

他向我走来，我耳边似掠过电影里当走向跌宕情节时的音乐声，心不由自主狂跳起来。那是一张不够英俊的脸，有些颓废和沧桑。哦，对了，是这片废墟的样子。正要落荒而逃时，被他不容分说地截留了。

他的气息渐渐逼近我，我不敢直视他的眼睛，我害怕我的眼睛背叛了我的心，我也不敢逃离，我害怕我一逃离，我的身体就顺从了我的生活。

在近距离的对峙中，我甚至有些狂喜。终于，我有机会凌驾于我的内心。我闭上眼睛，开始有些期待。我在一个长长的拥抱中，就着一点残存的意识，像只落荒的小鹿，逃也似的离开。

我甚至渴望他疯狂地追上我，野蛮地占有我。直到我绝尘而去，他呆若木鸡地站在那里。夕阳中，他高大的影子渐渐模糊。

# 第三辑

# 赤子情

# 从土地里生长出来的人家

查阅我的祖上，他们从遥远的地方一次次地迁徙，追溯其原因却都是为了土地。当我看着车水马龙的街道两旁曾是我祖先们的固定居所时，曾不止一次地想象过这样一种场景：一个母亲的几个儿子为了开垦能种植粮食的土地，分别去了不同的山坡上、河沟里，在那里生息劳作。只留下最小或是最体弱的孩子在身边，耕种已经成型的土地。后来，这里成了城市，山坡、河沟成了乡村。只有我们的姓氏和一些文字记载，还能厘清一些历史的细节。

看着绵延万里的壮丽河山，以及在山河之间错落有致的村落，我无数次地产生了一种幻觉，觉得地球上所有的人家都是由土地上生长出来的。他们依山而建，临水而居，青瓦红墙，绿荫遮日。无论沧海桑田的变迁，历经乡村至城市的一次次转移。生活，总是离不开土地的滋养。站在高处，放眼望去，城市和村庄周围那些不同形状的土地，一片一片，一畦一畦，一沟一沟，不同的粮食作物依附在土地上，随着季节的变化呈现出不同的景致。

我所居住的村庄的名字很有意思，在我的姓氏后面再加一个“窝坡”，我猜想我的祖先们初来乍到时，因临时搭建了一个草木结构的小窝，于是便有了这个延续下来的地名。他们守着土地劳作，在日出日落之间繁衍生息，世代以农为业，身心安居。

乡村间的诗书礼仪向来只作为一种温饱之外的附属物，由村庄里有限的识字人不成规矩地传承着。人们普遍地认为，紫马红花之上的状元郎只活在戏里，仗剑天涯的白衣书生离生活太遥远。

直到在温饱俱足之后的某一年里，我的母亲突然想让知书达理凌驾于晨暮躬耕之上。她不辞辛苦地在田野里劳作，她的锄头在土地里刨呀刨，挖呀挖，汗水一滴滴落在土地上。她用土地供养我们的血肉之身，更特别地想用土地去换取一种当城里人的资质，把这个当成她一辈子奋斗的目标。

在我历经九九八十一次考试，从乡村的孩子们中脱颖而出的时候，我成了这许多年来村庄里第一个离开土地的人。我的母亲成了成功的农民，她的脸上写着无比的骄傲和自豪，再多的辛劳和付出都成为一种价值。我走过的路被村庄里居住的人们当成一种典范，后来，这成了平常的事，绿荫掩映下的人家几乎家家都出产自己的骄傲——大学生。这是村庄的荣耀，这是土地的光荣。

在我还很小很小的时候，听说集市上的买卖还带上“资本主义尾巴”的时候，农民的土地还只能种植主要粮食作物，对于经济作物的概念还一窍不通。母亲小心地与当村长的爷爷商量，她要把那几分自留地用来种植蔬菜，她说种蔬菜的产量远远超过种玉米的收成。当母亲冒着割“资本主义尾巴”的风险把那些蔬菜销出去，并实现了她的产量对比说时，爷爷信服了，并在有限的土地上尽量让母亲多经营她的菜园经济。

母亲对家庭收入的改革在短短几年的时间内，迅速让我们家成了村庄里最殷实的人家。尝到了甜头的母亲像一头不会累的耕牛一样，一年四季忙着一茬儿又一茬儿的蔬菜，她总是整天忙忙碌碌，常常忘记了拥抱她的孩子们。我相信园子里的小白菜小黄瓜们看到娘温情脉脉的时光一定比我们多得多。

后来，整个村庄里的婶子大妈们都种上了蔬菜，并成了小镇里闻名的蔬菜生产基地。值得一提的是，我居住的小村庄是一个用水困难的地方，干旱的季节要点着火把、打着手电筒去一个黑乎乎的溶洞里挑水。洞口与洞底相距180级台阶，洞顶常年滴水，洞内阴森清凉，偶有蛇虫出没。吃水困难的问题成了村庄里的小伙子们找对象的一块绊脚石，但这些困难都无法阻止一个村庄里的大妈大婶们对富裕生活的向往。

我六七岁时就背着一个塑料壶跟着母亲出入洞里，曾被蛇吓掉魂两次，被自己的影子吓破胆数次。稍大些，便一人赤足敢为先下。母亲常常放两只桶在洞口，我和弟弟背好几次才能倒满桶，母亲就挑着水去浇她的园子。一天天，一年年，我们重复着往土地里浇水的动作。

母亲不仅种菜园，种庄稼，还租种了好几亩烤烟地。我厌恶那些采摘烟叶的日子，下雨天满身淋湿，晴天满头上沾上那黏糊糊的东西，梳头发的时候，眼泪扯疼了一地。在我们抱怨的时候，母亲总是笑着说，如果将来不想过我这样的苦日子，就把心思都放在学习上吧。

我们也跟着土地里的庄稼一天天地长大了，母亲用土地里生长的东西供养我们的胃口和冷暖，换取我们的学费、生活费。在母亲的眼里，土地就是我们一家人的生命线，她就像爱惜她的眼珠子那样爱惜它们。要知道母亲正是用她脚下踩着的土地消灭了饥饿和贫穷，赢得了赞美和幸福。她痛恨邻居们以任何方式侵占她的土地，仿佛入侵了她的领地就是伤害了她的生命线一样。

也许是因为活得太辛苦，太想摆脱自己的命运，或是因为母亲的教育有力得当，她的四个孩子们都没有在土地上重复着她的劳动。这让母亲备感欣慰。但若是谁想说服她放弃土地上的劳作，到城里颐养天年，谁就会是剥夺她土地的敌人。她总是固执地来去匆匆，谁也不能阻止她对土地的热爱。

母亲根本没想到她当初含辛茹苦地供养的孩子们，当有一天完全脱离土地的时候，居然会大逆不道地想要她抛弃土地，离开土地。我哀求她，煞费苦心地哀求她，她终是不肯应允，她像是看叛徒一样审视着我，审视着我的叛变。她说她要为我们守住那块根据地，只要有她的土地在，任何风雨来临，我们都会有归宿地，都能吃饱肚子穿暖身子。母亲斩钉截铁的样子像个手无寸铁的老卫士，纵然身体衰老了，但精神和气势还如彩虹升起，道道绚丽夺目。

许多年过去了，母亲和她的土地依旧紧紧地相连在一起。即使我们已不再需要从土地里索取我们所需要的生活，母亲也依然不肯放弃她的耕种。日出日落之间，母亲依然像只准确的闹钟。我曾试图以各种方式阻止母亲对土地的依恋，每一次我都失败了。母亲说，我们这个家是从土地里生长出来的，人怎么能忘记了自己的根呢？在母亲的眼里，我们的根须早已深深地扎入土壤之中，她只有不停地在需要浇水的季节浇水施肥，我们才可能枝繁叶茂。

每年秋天，母亲的土地里处处饱满殷实，这边的玉米，那边的荞麦，地梗边的树上挂满了南瓜、洋瓜、丝瓜，还有那一地的红辣椒、紫茄子、绿黄瓜。母亲只要用她的双手，一眨眼的工夫，箩筐就摘满了，她高高兴兴地拿到集市，换得一二百元，再兴冲冲地与我说着集市上的见闻。这远比她的子女们给她的钱更能让她高兴，她觉得这是她的劳动果实，她花得理直气壮，花得身子骨硬朗。

母亲说得最多的就是家里所出的东西，随便就卖了。所以，母亲这许多年去赶集，无论带多少东西，总是很快就卖完了。从前，换得我们的学费、生活费，如今换得她自己的快乐。

前些日子，我回乡的时候，远远就看见母亲弓着腰在地里采摘秋天的果实，背篓里已装了大半。当她抬起头看见她的女儿风尘仆仆地出现在她面前时，她显得很高兴，就连皱纹里都带着稻香的味道。她问这东西要吗？那东西拿吗？我若摇头，必然要换来她嗔怪的目光，埋怨我是个不懂得持家的姑娘。只有点头称许了，她才又高兴地忙活起来，手脚麻利地摘这摘那。

如今，我深深地知道母亲和土地的关系就像我们与她的关系，永远亲密无间。母亲在她对土地的跪拜里获得幸福和满足。而我们，只要去她的土地上走一走，把从她的土地里长出来的东西毫不客气地带走，就是她最大的享受。只要母亲的土地上还能长出东西，母亲就觉得她还是个有用的人，是个她的儿女们永远也不能断奶的娘。

某一年母亲生日时，当我试图往她的脖子上挂一条金项链时，她坚定地拒绝了。在她看来，一条无用的链子远没有脚下的土地踏实。母亲不用这些虚无的东西，她要与大地保持一样的朴素，融入它们，亲近它们。仿佛只有这样，她才无愧于土地对她的馈赠。

一向不明哲学的母亲突然在某天给了我一个启示，当她在我的阳台上完成一个小面积的人造土地，并在土地里种出餐桌上的美食时，母亲得意地指着我脖子里的小虚荣说，这个东西值钱归值钱，可它又不能生出你想要的东西来，而我的土地可是能生出这样的东西来的。她拿出愚公移山的精神，以无穷尽的计算方式让我折服。我确信，母亲在她营造的这片小土地里，在经过许多次的种植收获以后，能长出无数个可以悬挂在我脖子上的劳什子。

任何首饰在母亲的眼里都是无用的劳什子，她甚至有些厌恶这些环佩叮当的东西对劳动人民的腐蚀，除了耗费钱财，还碍手碍脚。在母亲的眼里，纤纤玉手就是罪恶的明证，它昭然地显示出一副好吃懒做的嘴脸，这些没有在土地上摸爬过的人从来没有体会到土地的好。

慢慢地，我居然爱上了母亲为我开辟的这片小土地，我也学着母亲的样子，在土地里种上各种各样的蔬菜，不仅满足餐桌上的绝色环保需求，还能怡心养性，陶情怡然。我常常出神地看着一天天从土地里长出来的小白菜小青菜，想起我们成长的斑斓时光，一副醉了的样子。也想着等我老了，必然要隐居山林，做一个彻底热爱土地亲近土地的人。

如今，我早已放弃了对母亲的劝说，就让她像候鸟一样生活吧。她来回地穿梭于城市和乡村之间，把土地里种出的新鲜蔬菜瓜果不定时地带来，放在我家冰箱里。即使是摆坏了，她也不甚怜惜。她总觉得那是她的土地里生长出来的东西，是家屋所出，不要钱的，廉价的，所以是不用疼惜的。

昨儿母亲又打来电话，兴奋地说起土地上的事儿，她说柿子黄了，核桃熟了，板栗张嘴了……我知道母亲这辈子是无法离开她的土地了。她执拗，而我只能顺从她，就像她顺从她的土地那样彻底归顺！

# 大山深处有甜蜜

人生百味之中，甜是最幸福的味道，曾有人用“刀尖上的蜜”来形容人们为了追求甜蜜幸福而不顾危险的举动。于是，蜂蜜作为一种特殊而稀有的东西，长期被人们追捧着，从感冒咳嗽、润肠通便到女人养颜美容，蜂蜜在细微的生活中，无处不发挥着作用。

也许是因为需求太多，利益的驱使导致了市场上的蜂蜜鱼目混珠，有时，分明是上了些年纪的老人在卖的蜂蜜，买回来却是掺了白糖红糖的假货，以致人们总是怀着一颗警惕的心，生怕上当。所以，当小弟弟说他同学家里有出产的土蜂蜜百余斤时，我毫不犹豫地发了条微信，希望这个好东西能大家一起分享，不到一小时的时间，就全部抢购结束，后面还陆续有人跟帖遗憾地说来晚了。

此前，就曾听小弟弟说过他同学的经历。一个家境贫困的孩子，上中学时无钱买饭票菜票，每周走二十里的山路背些煮熟的洋芋去学校，每天都吃冷洋芋，到周三时，他的母亲来赶集，又煮了洋芋送来给他。曾有一次，他从家里背些玉米到学校，换得些玉米糖，一整个星期，他都是吃糖度日，吃到周末，连大便也拉不出来了。成绩却一直优异，后因与班主任的一些小过节影响了升学，从此断绝了学业生涯，四处漂泊，最终又回到大山深处，娶妻生子，过着一个农民最本分的生活。

翻越了许多山岭后，车终于到达了那个叫和乐的地方。小小的村庄隐藏在青山之中，白云蓝天下鸡鸣狗吠，几头老黄牛懒懒地吃着草。房子，还是土坯青瓦的古老模样，瓦檐下面，挂着一串串红辣椒、黄玉米、白玉米，偶尔还能看到几条火腿的影子，许多房子的墙壁上都挂着蜂桶，忙忙碌碌的蜜蜂进进出出。举目环视，处处都有烟火的气息。

小弟弟的同学为了让我们能品尝到最新鲜的蜂蜜，搬来梯子，戴上头套，拿着火草，用刀撬开了一只蜂桶，被烟熏的蜜蜂们纷纷逃出桶外，即使有匍匐在蜂匹上的蜜蜂也被他的主人用手温柔地扒开了。我们小心地躲避着乱飞的蜜蜂，看着他熟练地用刀割下一盘又一盘的蜂匹，欲滴的蜂蜜从他的指间滴下来，馋得我们直咽口水，掰一块放在嘴里，一下子从舌尖甜到心底。慢慢地咀嚼，品尝着这天然的甜蜜，嚼着嚼着就嚼出了蜡的味道，想起形容毫无滋味的“如同嚼蜡”，似乎不是那么妥帖，这蜂蜜里的蜡实在是有些滋味的呀！

过沥好的蜂蜜被装进瓶里，大大小小装了很多瓶，这个要五斤，那个要十斤，酒香总是不怕巷子深，这大山深处的甜蜜，就如这大山养育出的子民的纯朴和善良，掺不得半点假，所以，人人信赖，人人喜欢。

晚饭时，顺便问了下他们家的收入，才知前两年干旱，几十窝蜂，竟没什么收成，所幸种植了些烟叶，有两三万元的毛收入，上有老人，下有三个孩子，一家人过得并不算宽裕，但比起要以洋芋充饥的日子显然是好多了。他的妻子，远嫁而来，豁达乐观地守着他，守着这个家，不时从她的脸上荡漾出蜂蜜一样的甜来，她在大山的深处如蜜蜂一样每天都在酝酿着自己的甜蜜。

他们一家人起早贪黑，就连十岁的大女儿也能做饭持家了，辛勤得如同那些忙采百花的工蜂们。也许在他们的心里都有一个梦，一个比蜂蜜更甜蜜的梦，于他们的父辈，只是为了吃饱肚子，而对于三个正在茁壮成长的孩子，他们的世界，会在群山之外，抑或如他们的父母一样安守本分，做一个快乐实诚的农民，也并无不好。

# 宣威来了红嘴鸥

喜欢翠湖，源于每年冬天飞来的红嘴鸥，在我眼里，这些精灵的来访，让昆明这座城市的身价飞涨。人与自然的和谐，让昆明显得灵气和温暖。我总会选个日子，带着孩子坐着火车去看红嘴鸥。孩子兴奋地拍着小手，一次又一次地去购买鸥粮。尽兴而归后，每每惦记着那些白色的精灵们。曾想，若是它们每年冬天也来宣威过冬就好了。

有一天，突然听说这些尊贵的客人居然来到了宣威荷花塘，来到了月牙湖，来到了电厂水库大坝上。心中一片狂喜，带上鸥粮，带上相机，站在水库的大坝上，像等候情人那样。焦急狂热的内心带着些许激动和不安，生怕它们爽约。

远远地，零星飞舞着的几只海鸥，制造了不太壮观的景象，但已经能给我无数的欣喜和安慰。它们总算肯来了！带给这座小城无数的生气与灵气。

宣威没有海，但虹桥人固执地把电厂水库和月牙湖称为海。我无数次地听到老百姓们说“我去海边干活”。这片不小的水域就成了宣威真正意义上的海，纵然不够辽阔壮观，却也有船只出没，日出日落时的美景被摄影家们不停地定格下来。附近的老百姓也靠海吃海，有打鱼为生者，有养鱼致富者。

听一位常年在湖边放牛的大爷介绍说，红嘴鸥来宣威有五六年了，起初，来得甚少，这两年，慢慢多了起来。水库的大坝上，到处是它们凌空飞翔的美丽身影。很多人带着面包，一块块丢起来，海鸥们争先恐后地飞过来，甚至大胆地从小朋友的手上叼走面包。一片欢乐的叫声中，它们盘旋着飞过来，又迎风飞过去。

有时，它们像是接收到某种神秘的信号，所有的红嘴鸥同时飞起来，场面十分壮观美丽。远处的海面上，几千只野鸭飞翔在空中，黑压压的一片，像一个和睦的大家庭，显得十分有秩序。野鸭不与红嘴鸥们争抢面包，它们总是喜欢停在离人们较远的地方。也许是因为它们的家族曾数度历经猎枪的捕杀，它们对人类显得多了些防范。

湖边的海鸥分群体似的栖居在不同的地方，有的远远地躲避在隐蔽的地方，有的则在大坝上与人群嬉戏。当听到海边放牛的那位大爷说，有的人会用汽枪打红嘴鸥时，我的心里直发怵，真担心有一天它们就不来了。冬天的海，若是没有飞舞着的这些精灵，该是多么寂寥呀！

立即在微信上发出呼吁，希望大家热爱它们，保护它们，每次去看它们时，请别忘记带上面包。要让它们知道这里的人们多么友善，这里的环境多么舒适。慢慢地，红嘴鸥的数量就会越来越多。有一天，也许就如翠湖和海埂大坝上那样，抬头就是成群结队的海鸥了。那时，也有人会成立专门的红嘴鸥保护委员会，每年都为这些精灵们搞一次摄影大赛。

我美美地设想着，却听到几个孩子在议论它红色的脚掌与鸭子巴掌的相似之处，又说这只鸥的翅膀是花色的，那只鸥的尾巴最漂亮。他们数啊数，数了很久，还是没数清楚，它们一共有多少只。

但愿来宣威过冬的海鸥一年多似一年，也愿这里的人们友善博爱。若是哪天你突然兴起，说要去看红嘴鸥，请别忘记带上些面包。我想，那些精灵一定不会让你失望。

# 东山看雪

对于在南方长大的人，一场大雪的降临一定比一个节日的到来更加令人兴奋。每年冬天，盼望一场雪的早点到来，这似乎成了人们心照不宣的一个小秘密。有时，才为空中洒下的几粒碎米雪而兴奋不已，突然，它又停住了。常常是数着九九，盼到河岸边柳树发芽了，才知这一年无雪。

今年是个吉祥的瑞年，才是新年伊始，天空就飘飘洒洒起来，白昼不停地飞舞着，大时如鹅毛，小时细若盐粒。小城忙碌的人们都在关心这场雪，一时间，电话、微博、微信，处处在谈论着这场下得及时的雪。

一夜起来，窗外白茫茫的一片美丽世界，连最爱懒睡的人们也一骨碌爬起来，美好的心情从下雪开始。三五成群地往东山奔去，东山是云南宣威市著名风景名胜区，海拔 2868 米，正是看雪的好地方。可以沿着石级一步步登上去，看尽白雪染千树的美景；也可以驾车上去，一览白雪笼罩下的小城风貌；更有甚者，骑着山地自行车全副武装赚足了行人的眼球；最美妙的应该是背包客们，头上戴着小红帽，手里拿着小喇叭，一路走一路行，一路玩乐一路高歌。人生多少美事，尽在有雪的日子，与雪共舞，与人狂欢。

东山的半中腰有个东山寺，又名松鹤寺，始建于明朝初期，寺内古木森森、庭院重重，寺外有一奇特清泉从悬崖飞下，风起时清泉倒流，如无数金钱迎风洒来，为宣威一大美景：倒洒金钱。寺里有参天的古柏无数，粗壮笔直耸云霄，清雅幽静生禅意。古柏树下绿荫如毯，一直是休闲娱乐的好去处。此时，沉默的树枝上覆盖着厚厚的积雪，几只红灯笼明晃晃地照耀着白雪，喜庆中带着肃穆。许多只觅食的麻雀，警惕地靠近人群，又惊慌地远离人群。

禅房的后院里有株千年的古梅，树上标注有一千五百年的历史，曾听寺庙里的主持说这个年份是尚未精确计算的，只是有关专家粗略的估计。但至少能说明在没有建这座寺庙的时候，这株梅就存在了。这点可以从后山里有许多株野生的白梅、红梅得到些许验证，说明这个地方适宜梅花的生长。

雪落在梅花上，红梅更加娇艳动人，像是一个绝色的美女穿了一件惊艳的衣裳，正踏着鼓点舞一曲，此曲只应天上有，人间能得几回闻！一树白梅星星点点地盛开在雪里，一袭素衣难掩国色，天香散至凡人心。雪与梅的情缘，在一刹那间崩进脑里，无数诗句呼之欲出，美轮美奂，令人炫目！忽然特别地羡慕起那些叫红梅、白梅、雪梅的女子，仿佛她们就是这一株株梅花的魂魄，吸收了雪的灵气，幻化成一只只婉约迷人的妖，来这世间蛊惑太平，推波盛世。

寺外寺内的梅娇滴滴地开了，一树一树地惹人爱怜，唯有那株千年的古树之上那十万朵梅花，犹抱瑞雪半掩面的样子，像是在等待它千年失散的恋人。来了一次又一次，它终是羞答答的样子。着了红袄，对着它痴痴地傻笑，终是笑不成一品梅的样子。想在某个晴日，梅花芬芳时，呼朋唤友抱琴来，有风经过，花瓣成雨我成你！

东山之巅，一路白雪皑皑的美景，千棵万棵的青松傲立着，像一队队威武的方阵，整装待发。压在青松上的大雪，受了风声欢笑声的惊扰，簌簌地落下来，落在头发上，落在衣领里，处处有尖叫，处处有欢笑。踩在雪上，像是铺着一层厚实的地毯，舒舒坦坦地走过去，干干净净地走回来。雪地里的欢乐如雪般纯洁，坦荡荡地从心里笑出来。

太阳出来了，树上的雪一滴一滴地融进土里，树上挂着的残雪像是盛开的一树树棉花，在蓝天下开得格外艳丽。把这一场雪的姿态拍在手机里，装在脑里，美在心里。这样的惊喜是这冬天最盛大的演出，可以回味良久……

# 这一场修行

活着，就是一场修行。对于许多普通的人来说，这是一句轻松而洒脱的禅语。而对于坐在我面前的这个面无一丝血色的男人来说，这句话有非同小可的意义。他以一个修行者的姿态行走在生命的边缘，他深情地拥抱着大地，用生命的厚度谱写了一曲曲壮丽的凯歌。

在我来之前，这幢破旧的楼上，不足九十平方米的房间里，来来往往的媒体早已拥挤不堪。怀着对朝圣者的灵魂的膜拜，人们争相而来，以赤子之心歌颂他，赞美他。我为一方热土而来，我为一种崇高而往。一颗忐忑的心有些激动和不安，我迫切地想要走近他，走近这个有着钢铁般意志和海洋般情怀的人。

他叫渠立强。自知道他的名字和事迹以后，他就以一座雕像的姿态站立在我的心目中。在他的名字后面，有许多光环。全国五一劳动奖章、“感动中国人物”候选人、“全国科普工作先进工作者”等，他还被当地乡亲们称作“丰县的焦裕禄”“身边的财神”。

刚做完透析的渠立强，瘦弱的身体斜靠在沙发上，绛黑色的脸显得疲惫乏累。他想努力让自己端坐着，却显得有些力不从心，他略显抱歉地用一双真挚的眼神看着我。我说，把我当成丰县一个种地的普通老百姓吧，我是来向你讨教农业科技的。他憨厚地笑笑，指着桌子上的无公害水果让我边吃边说。他的妻子孙瑞林张罗着倒茶，才坐下，又赶紧去找测量血压血糖的仪器。

这是一个用生命与时间赛跑的人。他将自己的一腔热血洒在丰县的大地上，他的脚丈量过丰县的每一寸土地，在土壤肥料、农产品质量安全和生态农业建设推广领域勤奋耕耘，硕果累累。实验室里摆着他从各地采集回来的不同的土壤标本上千份，日记本里记着无数实验数据和工作心得，许多获奖的论文来自他反反复复的经验累积。

他是丰县父老乡亲们心中的土地保护神，谁家土地上的禾苗出了状况，无论严寒还是酷暑，渠立强风雨无阻地赶来了。看着快快的禾苗成活过来，增产增收了，老百姓笑了，他也笑了。在他的眼里，一个农民的子弟，能扎根基层，回报农村，就是回报了生养他的大地和母亲。他的笑容像庄稼一样质朴，他的心灵像土地一样赤诚。

为了改良土壤，改善施肥配方，他甚至用舌尖来尝，他通过科学的分析、观察，如一个老中医那样，仔细地望闻问切，开个处方，药到就病除了。老百姓看到他，就像看到眼前的财富那样。

他顶着早晨的一头雾水出发，到晚上一头泥水和汗水归来，深夜了，还马不停蹄地忙着记录各种数据，写分析材料。他在日记里引用过艾青的诗句：“为什么我的眼里常含泪水，因为我对这片土地爱得深沉。”

一个早出晚归的丈夫，一个视工作为生命的父亲。他的妻子和儿子从最初的不甚理解，到最后成了最可靠的同盟军。这一路上的艰辛，孙瑞林大姐说得平静淡然，仿佛这是她生命中最平常的际遇，她在他对工作的倾心热爱里感受到了别样的幸福，甚至是骄傲。若不是一场病魔的侵略，他们是幸福的一家人，他们会看着懂事可爱的儿子渐渐长大，彼此温暖地搀扶到夕阳相伴。

早在2005年底，渠立强就被查出了肾癌。那一年春节，他带着妻子给父母拜年时，他们双膝跪地磕了三个响头。两个人把眼泪默默地吞咽在肚子里，只有孙瑞林知道丈夫此举的含义。他害怕，这一别将成永别。他再也不能在父母膝下尽孝，为他们养老送终。

春节一过，单位安排专车送他去了北京的医院，在经历了两次大手术后，整个右肾和半个左肾被切除。才过了38天，他又出现在实验室里，这让同事们大为惊讶。“老渠，你不要命了？！”渠立强笑着说：“县里要迎接省生态农业县建设规划验收，所有基础性材料都在我这里，你们说，我能待得住吗？”

谁也无法阻拦倔强的老渠对工作的热爱，离开工作，他就像鱼儿离开水那样。工作，让他忘记了疼痛，让他感到了生命的美好。

从家到办公室只有200米的距离，老渠拖着瘦弱的身体，走走歇歇，每一步都走得那么艰难。然而，他的心充满了无限的能量，他把这段距离看成是生命运动的轨迹。人们不是常说“生命在于运动”吗？他以为他只要不停地运转着，他就能铸就生命的另一种鲜活。

有时，他加班晚了，腿脚变得麻木，妻子孙瑞林就从家里打来热水，他一边泡脚，一边又伏案台前，进入忘我的工作世界里。妻子默默地陪伴着，守候着。

在短短的五年时间里，他仅靠半个肾支撑，又马不停蹄地走进田间地头，与老百姓们打成一片，为他们讲授农业科普知识。常常是这个村才讲完，又赶往下一个村。当别人关心他的身体，担心他劳累过度时，他总是笑着说：“别把我当成一个病人。”这五年里，他兢兢业业地为农业科技献身，先后完成了八个部省级农业推广项目，牵头制定了八项省市行业标准，主持申报了三项省重大专项科研课题。

2011年初体检时，他仅有的半个肾也被癌细胞完全吞噬。在严峻的现实面前，他问了医生一句话，他说："摘除了这半个肾，我还能工作吗？"他的话让医生感到很吃惊。在知道了他的事迹以后，医生建议他摘除半个肾，依靠血液的透析来维持生命。这是常人难于忍受和坚持的活法，而对于渠立强这样一个有着坚强意志力的人来说，这一定是他能克服的困难。

在手术之前，他把自己手上的工作认真梳理了一遍，该完成的抓紧时间完成，该移交的找人移交。他发短信告诉妻子："我一生做人做事光明磊落，对所做的事毫无怨言。万一我下不了手术台，叫儿子替我尽孝心。"妻子泪眼婆娑地送他上了手术台，他却安慰妻子说："上次切一个半肾都挺过来了，这次只切半个，咱不怕！"

成了"无肾人"的渠立强还躺在病床上，又忍不住由来已久的习惯，认真地记起了日记，写与病魔作战的心情，记对亲人的牵挂，说对工作的不舍。其中一句我印象最深，他说："肾没有了，我还有心！"是啊，只要有一颗火热跳动的心，就是对生命不息的见证。生命的宽度与厚度，被浓缩到一句不经意的话语里。

他的事迹感动了无数个中国人，他无愧于大地，无愧于人类，无愧于自己。"感动徐州"颁奖词这样描述渠立强："他专注于田间地头，不惜向生命借贷，只为了让禾苗欢笑、麦浪喧腾。他托起农民兄弟的希望，描画收获的风景，他是麦田里坚定的守望者。"

他用生命守望着脚下的土地，用汗水浇灌着希望，他是丰县人民的好儿子，是中国人民的好榜样。他的情怀决定了他的人生格局，24 年来，他虔诚地匍匐在大地上，用五体投拜的姿势来敬畏土地，供奉自己一生的信仰。

今天，他坚强地与病魔做斗争。每周一、三、五，妻子用脚踏三轮车带着他去医院做透析，每次四个小时的漫长过程，他忍着疼痛，一动不动地躺在病床上。医院里，常常会有慕名前来探望他的人，很多陌生人送来了他们的关爱。这些爱心，激励着他战胜病魔的决心。

有首歌词里有句雄浑的唱腔:“向天再借五百年!”那是一个帝王的内心深处发出的雄心勃勃的呐喊。而今天，躺在病床上的渠立强只发出了弱弱的声音，老天若能给我一个肾，让我再活十年，我能再为老百姓踏踏实实地干上十年!这一声微弱的呼喊，铿锵地落在人们的心里，落在苏北平原茫茫的大地上，犹如九天惊雷，感天动地!人们期待着奇迹的出现，大地，离不开这样一个良医;国家粮食的安全，离不开这样一个科技带头人;我们，离不开这样一个有心人。

是谁把活着比作一场修行，而后，我们就开始了自己的漫长的修行。有人倒下了，有人离开了，有人还在艰难地修行着。渠立强的这一场修行，修得百姓欢颜笑，修得粮食丰收果，却修得自己病魔缠身，而他却说自己毫无怨言。佛曰，我不入地狱，谁入地狱?这勇往直前要拯救苍生的信念里，我在渠立强的身上看到了一种大爱的情怀。

在生命火光微弱的时候，我多希望有人的手里正拿着一把薪，添上去，火就旺了。但愿不久的将来，渠立强能遇上一个点燃他生命火花的人，还他一个健康的肾。也许，我们能再看到一个意气风发的中年人，他穿梭于田间地头，赛过蜜蜂采花忙。

# 站在灾难的不远处

题记：云南昭通鲁甸8月3日发生6.5级地震，波及周边巧家、会泽、昭阳等地，震源浅，伤亡惨重！谨以此文收录一颗凡心，愿你、他、我，我们安然！

这是一个平常的周末，除了一直淋漓不停的雨，还有偶尔穿过乌云的光，我坐在一杯清茶里，与休闲的时光缠绵。桌子突然摇晃起来，窗子也吱吱作响，地震了！我被一种灾难来临的意识清醒地警觉，并产生赶紧逃离的想法。几秒钟后又停止了，我伸出头去，楼下已聚了许多人，都在议论着刚才的摇晃。

赶紧打电话追问孩子，儿子在山上野炊正玩得欢乐，对刚才发生的事情一无所知。丈夫更是怀疑我在造假，说我的感觉一定出了问题。而我却像一只刚受过惊吓的小鹿，时时保持着对周围环境的警惕，准备着在风吹草动来临前，以百米的速度冲出家门。

雨停了，天空的云低低地垂下来，云朵的样子灿烂得有些不正常，有人说，看，地震云！我在大脑里搜索了一遍地震云的形状，确实有几分相似。这种感觉让我产生了一种强烈的恐惧，我害怕我脚下坚实的土地突然翻脸不认人了，它正张着嘴吞噬着许多人的生命。

前些日子，市内一些地震监测点发生了异常情况，坊间传闻迅速扩散，搞得人心惶惶。谁都不知道意外与明天，谁更先到达。从小学到中学加紧了防震的演练，广播里天天在讲防震减灾的知识。从3月到8月，人们从紧张的空气中渐渐平静下来，以一种宿命的姿态应对万变。这一摇晃，又让人们陷进一种恐慌的状态。翻开这一天，2014年8月3日。

打开网络，迅速地搜寻到云南昭通鲁甸发生6.5级地震。原来，灾难已降临到我们邻居的身上，打电话给鲁甸的作家朋友，送去问候与关怀。得知他安然，地震发生时，他正在大街上，大地的摇晃让他有走不稳的感觉，但震中的受灾情况还是未知数。我在心中乐观地估计应该不会有太大的破坏性。

遗憾的是，逐渐传来些惊心的数字，触目惊心的图片。农村那些土坯房怎敌得过这强烈的摇晃呀，许多人就这样在自己简陋贫穷的家里丧生了。图片上，停止呼吸的孩子像是睡着了，旁边是悲痛欲绝的亲人。孩子，孩子，你醒醒呀！多少呼喊，多少哭泣，多少心肝肠断，再唤不醒一个个鲜活的生命。这心啊，被揪得鲜血淋淋。诗人说，那是我的哥、我的弟、我的姐、我的妹、我的妈呀，你还活着吗？

什么祈祷，什么祝福，在一场突如其来的灾难面前都显得太过虚华。而对第一时间到达救灾现场的部队官兵们，我总是含着热泪，在危难时刻总有一群人撑起社会的脊梁，让我有油然的骄傲。灾区的大雨增加了救援的难度，但他们坚毅的表情告诉我，只要有一丝希望，他们都不会放弃。

每一次灾难，总能收获无数感动。许多珍贵的东西只有在危难时刻才能得到彰显，所以，当我看到我居住的这个城市的救援队伍到达救灾现场时，我顿时热泪盈眶。我知道许多人已经伸出援助的手，捐钱捐物，为灾区人民送去物资，送去温暖。灾后重建的工作还任重道远，受伤深重的人们还需要时间绵长的抚慰。但这一切都会慢慢远去的，让我们记住爱与伤痛，记住意外与灾难。

这个伟大的国度向来物产丰饶，而对民生疾苦的关怀却一直是薄弱环节。当我看到那些贪官们聚敛的巨额财富，亿万的现金和无数的珠宝现房，而我们的百姓，天天被称作主人的广大农民还住在简陋的房子里，甚至冒着生命危险钻进震后的危房里，只是为了抢一只破枕头出来，还说那是值钱的东西。这样的时候，我的心如数万枚锈钉子直插而入，我们的公仆就这么对待他们的主人！寄希望于新政的改革，可以还我们的子孙后代一个清明的环境。

悲痛过后的思考总是令人痛心的，可日子总是要继续向前的。在不可预知的未来里，谁也不知道明天的样子，但我们也绝不能因为明天而悲观，永远活在自己制造的担忧和恐惧里。若是哪天，病灾不期而遇，每个人都应该看到自己坚强的样子。有别人的关怀和鼓励，再有一颗强大的心灵，在有爱的世界里，让我们紧跟着幸福的脚步向前行走！

# 雨中漫步美奂湖

盼了许久的雨，终于在谷雨之后的这个夜晚轻盈地落下。小轩窗前，一片被洗过的碧绿，几声清脆的鸟鸣，阵阵泥土的芬芳，好一个欢愉的早晨。我在心里虔诚的请求上天：今天下一场小雨，明天下一场小雨，后天再下一场小雨吧！

撑着一把紫色的小雨伞，一个人安静地走在美奂湖边，细细的雨滴落在湖面上，如点点星光坠落，溅起一圈一圈小小的涟漪，它们一个一个连接在一起，手牵着手散去，又手牵着手回来。湖面就像是一个小雨点们狂欢的舞台，而我是唯一的观众。

晓风东去，夕阳未至，依依惜惜的杨柳站成一个个羞涩的少女，她们身着绿罗裙，正陶醉于水中的倒影。灿烂的杜鹃花正在慢慢凋谢，隐隐约约的几点红色，星星点点的几缕淡白，掩映在绿色之间，如远处传来的断断续续的笛声。那些开得盛大的紫藤早已换上朴素的新装，安安静静地过起了日子。这一片又一片的绿色如压境的大军，凛冽地入驻心间。

这边，团团簇簇的春天正在谢幕的尾声，那边，另一个季节的主角已在迫不及待，处处绿罗裙，处处芳草地。这棵树上的鸟儿叫着翠翠，那棵树上的鸟儿叫着憨憨。想必他们是一对恋人，男的粗声大嗓，女的细若流水。它们一直在用我听不懂的情话倾诉着衷肠。

湖边有一种开着白色细碎花朵的植物，它们不起眼地扎堆在那里，我从它们的身畔走过，一阵浅浅淡淡的清香袭来，胜过我喜欢过的任何一款香水。欢喜亦如这小小的白花，浅浅的，淡淡的。再慢慢地放下身段，放下脚步，最后停驻在这些意外的小欢喜里。

一袭绿衣映在湖面，我的影子被一滴滴雨点打碎，无数个小小的我包围过来，又徐徐地散开。我看不清自己的模样，一如我看不清尘世的模样那样。但我深深地知道在这样的一个静静的早晨，我深深地拥有自己，拥有那些属于我的浅浅的欢喜，淡淡的忧伤。它们都是掉进湖里的星光，是安静的，也是美丽的。

雨巷里打着油纸伞的姑娘，她必定要结着丁香般的愁怨，在诗人的意象里，连忧伤也是这般美好。而我必定只是那个脸上开着杜鹃花般的女子，即使开在深春，即使正在萎谢，也依然要如笛般悠扬。

在这个湖边无数次地行走过，但从来没有哪一次这样清晰地感知过自己的存在，湖光山色的存在。这个美丽的湖，它承载了太多人关于美好的梦想。所以，它常常是喧嚣的。而在这个有雨的早晨，它只属于我。

目光清灵，脚步轻盈地走着，忽然传来一阵朗读的声音，有人在高声地朗读着书本。穿过小径，我看见一个少年，拿着一本书，旁若无人地在大声朗诵。或许，这该是他一个人的湖才对。为着这片风景里的风景，我轻手轻脚地离开。

雨还在下，它们静静地滋养着大地，滋养着我的心田。感谢这一个有雨的早晨，让我的心情宛如诗画。

# 我在“大白菜”等你

电话里，你问我在哪儿？我说，在“大白菜”，一直在“大白菜”等你呀。大白菜？通过你惊讶的语气，我才想起你是一个初来的异乡人，怎么会知道这个叫“大白菜”的地名呢？我从火车站东大街说到建设街，再说到振兴街，总是不能用一个足够显眼的地标表示出线路。

我正有些沮丧，委屈地请你原谅我对于方向感一直模糊，你爽快地轻笑，说，我打车来吧。我在电话里强调说，只要你一说到“大白菜”，所有的出租车司机都知道。

你风尘仆仆地下车来，第一句话就问我，“大白菜”在哪儿？你盯着眼前这座被宣威人称作“大白菜”的雕塑，左看右看地向我投来质疑的目光。

彼时，我正蜗居“大白菜”侧畔一陋室里。对一场已分别经年的约会掏心掏肝，那是同学第一次来到宣威这片土地上。她除了怀念旧情之外，还有对一片她从未到过的土地的新奇之感。而我，除了要表达对一段友情的深深眷恋，还要展示一个新鲜事物的亮点和看点。

我带着她到东山上听梵音，西河边看闹市。终于，她明白了，

"大白菜"只是一座雕塑，与我们餐桌上的大白菜是截然不同的物种。这种从直观上的认知让这座雕塑成了宣威一棵著名的"大白菜"。

宣威盛产杜鹃花，每年春天，漫山开满了杜鹃花。姹紫嫣红一片花海，美轮美奂。朴实的宣威人总想给这种花赋予一种荣誉，于是，杜鹃花就成了宣威的花中之魁，荣登上了"市花"的宝座。

竖立一座雕塑以示纪念，或是传承，总是一件有意义的事情。某天，当它突然矗立在人们眼前时，宣威人却发现它长得不像杜鹃花，而与人们天天离不了的大白菜的外形是如此的相似。起初，人们只是一种宽容的调侃，调侃的次数多了，它就真的成了一棵"大白菜"。

那座雕塑耸立在龙堡街上很多年了，人们早已忘记了它的名字，都习惯地把它称作"大白菜"。很少听到有宣威人会以审美的眼光去议论它，只是把它当作一种地标性的建筑物。朴实的宣威人完全地接纳了它，只是由着自己的意愿，加了个自己喜欢的叫着舒服的名字。

川流不息的车辆从它面前经过，它始终以一朵杜鹃花的姿态绽放着，更或者说是以一棵大白菜的姿势站立着，它已普通得如同久居宣威的一个市民。

若是哪天你再来宣威，最具地域标识的地方一定还是"大白菜"。多年前，你坐火车来，这次，你一定是开车来，那么，你就顺着公路从南走到北，穿过一条被宣威人称作"长安街"的大街，走着走着，你就看到我家的"大白菜"了。

# 话说“猪”事

有人说，象形文字是人类文明心灵最完美的吟唱。也许我们可以从某一个特定的字中窥探其中之妙。比如“家”字，它是象形文字的一个典型代表，也是社会构成的最基本元素。“家是由“宀”和“豕”组合而成。“宀”指古时有顶且有四壁面积较大的房屋。“豕”就是猪。按此意我们就知道，从原始社会起，猪就一直陪伴着人类。它是人类从原始的蛮荒到现代文明的最好佐证。尽管如今城市化进程的推进已让传统意义的家慢慢淡出视线，但关于家的记忆里，总是免不了一些与“猪”有关的事情。

在农村，猪是每个家庭最忠实的伴侣，它甚至是一个重要的家庭成员。每一年，每家每户都会喂养上几头，至少也得一头。猪与每一个家庭的生活都是息息相关的，饲养的头数从一定程度说明了一个家庭的经济实力。养不起一头猪的人家会被人看不起，在邻里间生气时，这会是一种贫穷懒惰的短处，被人耻笑。

我小的时候，每天都与猪打交道。从在母亲的背上开始，就看着母亲张罗着猪的面糠，早早地在灶上烧火，在两个大锅里煮好猪食。那时，母亲每年饲养八至十头猪。从幼崽开始悉心喂养着它们，它们每天欢快地从圈里跑出来，奔向猪槽边，大口大口地吃着它们的美餐。这时候，母亲会乐呵呵地与邻居们说着某头猪在长架子，某头猪又在长膘了。每当看到猪用嘴拱一下闻一下就走开时，母亲就急了，她知道它们的身体一定是出了状况。母亲总是万分火急地请来乡间的兽医，像伺候孩子那样，又是用药，又是打针的。那时候，母亲的心思全在她喂养的猪身上，一门心思地等待着它们康复。直到又看到它们欢快的身影时，母亲的眉头才舒展开来。

猪的幼崽，憨态可掬，尾巴有时会卷成几个小圈，摇头晃脑地走来走去。它们也像一群孩子一样，会争抢东西，你不让我，我不让你，有时甚至会打架，你咬我一口，我又咬你一口。尖叫着嗓子，玩得欢快。谁家买了小猪，邻居们都会去观赏，评头论足一番，那种喜悦的心情定然胜过如今人们赏花的心境。赏花只是愉悦了心灵，而那些小猪们，它们承载着一个家庭的希望。

祖父穿着长衫带着一群孩子去放猪的情景，我一直记忆犹新。十几头小猪，有纯白的、纯黑的，还有斑点的小花猪。孩子们与小猪们一样欢乐地走在乡间小道上。我们一一给小猪取了名字，其中有一头小猪，它的名字叫作“丹麦”，样子可爱极了。我们总是忍不住要去抚摸它，它有时温顺地接受，有时又躲远了。小猪用嘴不断地从草地上寻觅着食物，走走哼哼又停停地摇晃了一整天。吃饱后，猪安静地躺在圈里，像个无所事事的懒汉。有时人们形容别人生活安逸时，总会调侃地说那是猪一样的生活。

小猪在全家人的精心伺候下，一天天长大了，轻盈的身子逐渐臃肿，肥肥胖胖的样子，走起路来也开始有些缓慢。母亲喜上眉梢，像一位艺术家对待自己的作品那样，总爱不释手，越看越美的感觉。如果遇上某年的某头猪只长架子不长膘，还飞快地跑，母亲总是会埋怨上几句，说它吃了白食，是个不成气候的白眼狼。

母亲会在合适的时候卖出这些猪，剩下其中一至两头作为过年时的年猪。留下一头还是两头，这得看当年的经济状况而定，有时孩子们学费紧张，开支不够，甚至会把所有的猪都卖出。乡间总是有走村串户的猪贩子，从农户的手中收生猪，再拉到城里去卖。这些人的存在，有些像通信不发达的时候邮递员那样。因为有他们，乡邻们饲养的猪才能换成人民币，以满足生产生活所需。

有一年，遇上病疫，母亲养的七头猪全都病了。母亲整日地守着它们，希望它们能赶紧好起来。母亲为了方便照顾生病的猪，居然学会了自己给猪打针，我亲眼看见母亲与父亲一边扳倒猪，一边手脚麻利地给它们注射。猪发出惊恐的叫声，母亲的心也一起悬着。就连我们，也不再敢高声说话。后来，那七头猪还是死了。母亲坐在门口，一说就眼泪要掉下来的样子。母亲说，孩子们缺了油盐，脸都会变成菜绿色的。大人们少了油盐，也要黄皮剐瘦的。仿佛猪身上那些油脂就是我们的生命线一样。

长大以后，我明白了武则天的英明，当她听说一户人家丢失了一头猪时，竟然下令全城搜索。她说，一头猪对于庄户人家来说，就好比一个国家丢了一座城池。关于这一点，我深有体会。我们的学费从猪的身上而来，我们的营养也同样来自于它们。它们对于我们的生活真是太重要了，容不得有半点闪失。

每年腊月，家家户户都忙开了，选一个黄道吉日，像举行一个重要的仪式那样。这个日子得避开家里所有人的属相，以示吉祥。避开属猪的日子，以示尊重。母亲早早地起床，煮了最好的猪食，面放得白白的，让猪进完最后一道早餐。由几个强壮的劳动力把猪抬到案板上。这时，传来弟弟哭喊的声音，他拼命要去阻止杀猪匠的行为，却被大人们强行抱走了。他以为他可以救下他那头可爱的黄毛猪，它伴随了我们整整一年，那一种油然而生的情分，又怎么能轻易割舍呀。

杀猪匠举起白刀子从猪的脖子杀进去，鲜红的血顺着刀流了下来，流到母亲早已准备好的容器里，被制成血辣子、血旺子，味道独特爽口。据说从猪肚子里的血可以看出来年的财运，但我一直不知道这是不是一种准确的预示，但它却一直这么广为流传。猪的叫声渐渐弱下去，母亲在它头前烧了三份纸钱。在母亲的眼里，即使是死去的猪，它们也是有灵魂的。这种虔诚的情感被每一个家庭完整地保留下来。我不知道它实际的意义究竟是什么？大概是一种心灵的信仰吧，它也许可以让杀生的心灵得到些许安慰。

杀猪的那天，家里要请来亲戚和邻居们，一起共享杀猪宴。那些菜肴都是从猪的身上取下来的。猪肝、猪腰、猪血、猪肉，满满的一大桌子，划拳猜令的声音，喝酒说笑的声音，煞是热闹。乡村的寂静在这个时候被点燃了，点燃成了一顿丰收的盛宴。弟弟仿佛也忘记了他刚失去一头猪的悲伤，笑呵呵地跑去帮着父亲递烟，我听见众人都在嘲笑他早上的眼泪。

新鲜的猪肉摆满了一个大大的簸箕，板油和其中一些边角的肥肉被用来炼油，那是一年炒菜的油。母亲用油渣做的酥豆和炒面，香喷喷的让人流口水。猪腿用盐巴腌制后挂在楼上，待来年端午节一过，就能上市了。它有一个响亮的名字，叫作宣威火腿。无论煎煮炒蒸，还是作为配料，都是极美味的食品。从孙中山先生为宣威火腿的题词“饮和食德”里，你一定会品到很多特别的滋味。

这个地方因为特殊的地理气候，火腿成了一道特殊的美食，享有极高的盛誉。这也让猪越来越成为生活中重要的一部分，那不仅是生活的必需品，也是家庭收入的主要来源。腊月过后的猪圈里空了许多，我听到隔壁大娘在圈里的猪都出栏，小猪还未及时买进时，每到饭后总抱怨自己“闷躁”，一副若有所失的样子。直到小猪买回来，她又回到伺候小猪们的忙碌中去，她才觉得她的生活走上了正轨。

岁岁年年，一代接一代，这里的人们与猪保持着密切的联系。家家户户的猪，源源不断地输入市场，形成一条流水作业线，托起整个宣威火腿的美名。只要有孩子在上学的庄户人家，火腿都是用来换取孩子们的学费，很少有能完整入了口中的。这好比做丝绸的人永远都不是穿丝绸的人那样，为了生活，人们只好放弃华丽的享受。

今天的城市生活中，猪已成为一种记忆，但我们的生活从未远离它。甚至我们愿意在虚拟的世界里去养一些可爱的小猪，似乎只有那样，我们才成为真正意义上的家的主人。

# 小城盛事

小城寂寞，从这条街走到那条街，除了茶室和药店的标志醒目，数量偏多以外，并无什么特别吸引人眼球的东西。火腿，这个被宣扬了百年的名品，不咸不淡地站在那里，被无数人认可着，也被无数人糟蹋着。

许多人百无聊赖地活着，分辨不清昨天与明天的不同，甚至从来不去思考活着的意义，许多理想被残忍的现实挤压变形后，虚空、颓废、迷茫、懈怠迅速地占领了许多神经的端口。忽地听到一些呐喊和欢笑以后，小城的人就空前地激动起来，无数人流车流涌向同一个地方。

我不禁也有点兴奋，甚至取乐这场暑期里的篮球赛事为宣威的“NBA”，每天晚上呼朋引伴地坐在人满为患的看台上，看球员，看球事，大声地叫好，热烈地鼓掌。我的这种行为映照在很多人身上，我能感觉到一种文化的复苏，一种生活的激情。这场赛事像是给小城的人注入了一剂强心针，让许多面孔在短期内迅速地鲜活起来。

事实上，这场命名为“和谐杯”的比赛在宣威已是第七届了，这是一场由民间自发组织的高规模高水平的赛事，从最初的几支队伍参赛，到如今的几十支队伍参赛，逐渐壮大的规模足以说明这场民间组织的赛事是成功的，至少是深得民众喜欢的。当我看到男女老少急急忙忙地往赛场赶的时候，我走在他们中间，心中油然生出许多感动和自豪。

这些被命名为某某俱乐部的球队，他们不似专业球队的组织那样严密，更没有他们的优厚待遇，都是一些热爱篮球的人凑在一起组成一支队伍，大多由有一定实力的企业赞助，有一些甚至是球员凑钱组成的。我一直被这种坚守梦想的态度所打动，所以，七年来，我都是比赛的忠实“粉丝”，对许多球员的名字，如数家珍，我甚至在网络上晒过请大家来评你心中的篮球名星的帖子，希望更多的人参与到这样有意义的活动中来。

这个世界有灰暗，但总有一些人愿意撑起一片明艳的天空，执着于一种叫作信仰与坚守的力量，也正是因为有了他们，这世界才有高度，才显得更加完整。

我想，对于一座小城，这一定是一种可以称得上文化的东西。我愿意失掉优雅，扯着嗓子喊“加油”；在裁判不够公正时，跟着观众起哄；在队员不够文明时，大声喝着倒彩；也在明星球员们扣篮时发出尖叫，高兴得像个刚受过校长表扬的小孩，言语不足，手舞之，足蹈之。

这一切，只因我热爱我脚下这片坚实的土地，我希望生我养我的宣威，在体育竞技、科学技术、文化艺术等领域，能涌现出大批出类拔萃的人，走到哪里，哪里都会有故乡的影子。

我想比赛的最终意义绝不会只是一种输赢的较量，它体现了一座城市的精气神儿，传达着一种积极向上的力量。

我坚信向着太阳生长的植物，一定会茂盛的。

# 故乡的铿锵玫瑰

我的故乡西泽以盛产美女而闻名，故乡的女人无论美与不美，都会被冠以“西泽美女”的称号，以示原产地的特别。曾经有一个中年男人这样夸奖他从西泽娶回来的女人，他说：“我媳妇就是种个菜都要比别人家的高出半个指头。”自豪之情溢于言表，让我作为从那个山清水秀的地方走出来的女人都有种无比的荣耀感。

故乡没有丰富的矿产资源，也没有十分发达的经济条件，但家家户户尊师重教，把对孩子的教育摆在家庭第一位。从这个地方走出去的文化人很多，无论是提笔杆子的，还是耍枪杆子的，更或者是经商做买卖的，他们的身上都透着故乡的山水赋予他们的灵性。一方水土养一方人，正是西泽的灵山秀水养育了与众不同的西泽人。尤其值得特别书写的是西泽女人，她们身上的美丽和大气，灵巧和智慧，为故乡的山水增添了浓墨重彩的一笔。

最近我通过广播电视网络媒体等多种渠道又认识了故乡的一朵铿锵玫瑰，她叫余华芬。在宣威市人民法院工作，她的事迹已传遍大街小巷。“全国优秀法官，办案能手，最美女法官，巾帼建功示范村兵”等诸多荣誉像春天盛开的鲜花那样簇拥着她，让我这个老乡也跟着故乡的土地一起沾光，一起为她喝彩。

多年前我就听说过她的名字，但无缘相见，虽然生活在同一城市，但彼此都在自己圆的半径里活动。好在我们都从未放弃过对自身工作和生活的不断修正。所以，多年以后，即使我们还未走近，却也能以不同的方式听闻到彼此进步的声音。大概我们心里都有着同样的梦想，要做一片西泽上空的美丽云彩。

对于法官形象的认识，无论是在历史教科书中，还是在戏剧舞台上，明镜高悬，铁面无私下面所谱写的赞歌都是清一色的男性。而生长于我故乡这个叫余华芬的女法官，以她特有的办案风格，让人们见识了什么叫巾帼不让须眉，什么叫铿锵玫瑰。她掷地有声地落在故土，长成一棵树的样子，成为一种力量的象征。

余华芬高中毕业考试进入宣威市人民法院，从打字员、书记员、审判员到刑庭副庭长，她就像一颗革命的镙丝钉那样，哪里需要往哪里拧。在每个岗位上她都有股“拼命三郎”的劲，正是这股永不服输的劲儿让她在一个又一个的岗位上大放异彩。外表柔弱娴静的她，骨子里却有一种顽强的拼搏精神。曾有同事戏称她为“云南白药”，她把别人对她的肯定，组织给她的荣誉，都当成了一种前进的动力。

不能冤枉一个无辜的人，也不能放纵一个犯罪分子，这是余华芬把握的“公正”尺度。在刑事审判的量刑中，必须做到宜轻则轻，宜重则重，适度裁判，罚当其罪。她第一次办的一件大案就被多家媒体广泛关注，并得到法学界的一致认可。一路走来，她好学上进，成了法官中的佼佼者。她以纤纤玉手裁断是非，果敢大胆地铲除邪恶，为社会弘扬正气。她的肩膀上担着道义，胸中藏着热火，以一种赤子般的情怀维护着法律的尊严，有力地撑起了女人的“半边天”。

照片上的她，一身挺拔的法官制服衬托着庄重和凛然，她的脸上没有略施粉黛的痕迹，她的身上没有披金挂银的饰物。然而，胸前的天平就是她最昂贵的饰品，那种从内到外散发出来的美丽，足以闭月羞花、沉鱼落雁。她是故乡的土地生长出来的最娇艳芬芳的那朵铿镪玫瑰，我为她骄傲，为我的故乡骄傲。

# 哀我兄弟，悲我手足

## ——谨以此文悼念因公去世的两位同事

听到噩耗传来的时候，我正在去成都出差的路上，十万火急的声音，让我心惊肉跳。我怎么也不能相信自己的耳朵，几日前还与我有说有笑的两位同事，怎么瞬间就离我而去？他们在出差的路上究竟发生了怎样严峻的紧急情况，导致他们连一丝抢救的机会都没有。任我做多少无端的猜测，终是无法改变他们已然离世的事实。

冷雨冰凌，湿滑泥泞的路上，时有险象发生，心情无处可落的沉重，像一把生锈的重锁横着躺在心窝上，让人无法喘息。直到车安全地驶入市郊的收费站时，我才长长地舒了口气。还没到家就接到单位电话，去殡仪馆迎接同事的遗体归来。马不停蹄地赶去西郊的殡仪馆，他们是我朝夕相处的兄弟呀，我怕我去晚了，这最后一面就见不到了。

撕心的哭声，几度昏厥的母亲，让无数眼泪直奔而下。搀扶、劝慰、安抚，在这样的时刻显得那么多余，我不知道能用什么方法去帮助两位失去儿子的母亲，一个八十高龄，一个年近七旬，她们的白发在寒风中一次次趴下，又一次次站立。叩问苍天，跪拜黄土，还她们的心肝宝贝呀！

一个36岁，一个48岁，正值人生的好年华，他们却走得那样匆忙。给所有相识相知的人留下永远的遗憾和永久的思念。好儿子，好丈夫，好父亲，这一切担当，让两个家庭从此不再完整。多少眼泪，多少悲伤，要多少日子才可以忘记呀。

走进那幢楼里，那是我们共同办公的地方，电梯门口向右转就是他们的办公室。桌子上还摆放着他们两个人的岗位牌，一个叫鲍吉永，一个叫屠岸卿，他们还用那样真诚坦率的眼神看着我，仿佛他们从来不曾离开过。

我还记得我每次去他们部门的时候，整个屋子堆满了资料盒，他们埋头在那些材料与数据里苦干。见我到来，总是客气地要请我喝杯茶。鲍老师长相稍显严肃，在不熟悉的时候，许多人不大敢与他说话。事实上，他是幽默随和，豁达善良的人。他冷不丁地说出一句话，让人捧腹半天，他还一脸严肃的样子。小屠年轻些，我看他像是自己的小兄弟那样，他一直在乡镇基层所里工作，调来市局的时间不长。他寡言少语，勤奋好学，每次遇见打招呼时还有些略微的羞涩，是人们心中的那种好孩子的形象。小屠的母亲拉着我的手，眼泪汪汪，悲伤难抑地跟我说起他的孝心，说起他刚满十个月的孩子，点点滴滴让人心碎难过。

还是昨天叫着娘亲回来的孩子，转眼就成了隔世的人，多么想这只是一场梦，一场让人疼痛的梦，当梦挣扎着醒来的时候，他们还是母亲手心里鲜活的孩子。他们还有许多未竟事，上至高堂父母，下至年幼孩子，又有哪一处不是需要他们那双勤劳的双手和赤诚的心灵呀。人间最悲伤的事莫过于白发人送黑发人。残缺的家，要经过多少时光的安抚，才可以渐渐平复。而这失去亲人疼痛，却永远直立在亲人的心中，无论何时想起，都是切肤的疼痛。

与他们同部门的两位女同事，眼泪像断线的珠子似的流下来，她们说这早已超越了亲兄妹的情谊又如何丢得了呀，泣不成声的回忆里，处处是他们在田野里奔跑的姿态，那样鲜活，那样亲近。每次出差的时候，同在一个部门，连水杯都从来不计较，不嫌弃，亲如家人一样。这千年修来的缘分，让我们成了同事，成了朋友，成了亲人，这手足般的深情呀，为何要这样短暂？为何要这样匆忙？

灵堂里，年轻的脸上，还看不到多少岁月的痕迹，他们刚毅的脸却被时光定格了。菊花肃穆，人人伤怀，各个哽咽。我们与他们只隔着一尺的距离，却隔着一世的光阴。他们安静地躺在冰冷的世界里，与亲人、朋友、同事做最后的告别。无声，无语，大悲，大哀！他们可否知道身后那张更加冷冰的铁床就是人生的最后归宿。一场火，一把灰，一抔土，留给默默的青山。从此，想见仪容空有影子，欲闻笑声杳无音！

白茫茫的天地，白茫茫的哀乐，迎面地扑来，打在脸上，疼在心上。一个仪式，终只是一种告别的方式，而留在心里的伤疤总会不定时复发。也许只有珍惜当下，珍惜所拥有，才不愧于一次送别带来的悟道。

安息吧，我可亲可敬的两个好兄弟！

# 一辆马车，载我到“马的”时代

小区的门口来了辆马车，马车上拉着许多土豆，还不等吆喝的声音，三三两两就来了些主顾。保安走上前去，欲言又止，最后吐出来的话是请管好你的马，别让它到处拉粪。马车的主人，一边应承着，一边经营自己火热的生意。要知道土豆对于在滇东北高原上生活的人们，是每天都离不了的食物。

我一边捡着还有泥土芬芳的土豆，一边观赏着旁边那匹黑得发亮的马，彪悍有力，英俊果敢，恰如这天天吃土豆长大的高原上的汉子，有劲道，有风骨。年轻的母亲们身边带着的孩子，总是不安分地想爬上马车。那个不够宽敞的木质容器，它自身带有的某种神秘，或只是孩子们眼中的一种好奇。男孩子们努力攀爬的动作和母亲们小声的呵斥，还有马车的主人小心翼翼地说，别摔着，别摔着，让场面显得有点凌乱。

她们中好几个人用塑料袋子包住手当手套用，生怕泥土沾上她们白嫩的小手。很快，一马车土豆被小区里的居民们陆续“瓜分”了，卖土豆的大爷掏出一大摞零零总总的钱，高兴地蘸着唾沫星子正在数着。保安走过来了，你看，马粪蛋子一地都是，赶紧弄掉，弄掉。大爷从马车上怎么也找不到一种合适的工具来清理，只见他拿过两个袋子，用双手一点一点地清理了装进去。他还笑着说，这好东西我还舍不得丢呢，农家肥，环保！保安捂着鼻子，一副厌恶的表情。

我用手摸着袋子里的土豆，就像我的母亲投入大地的怀抱那样，心一下就踏实了。这些年，我从饮食、休闲、娱乐等诸多生活方式都进行了彻底的改造，以便我能更加融入这个城市。然而，居住在心灵深处的，作为大山的女儿的本色，却从未改变过。只要一声呼唤、一个触点、一种影像，我就回归了本色。从来不敢以一种优越的奢望，凌驾在养育过我的山水身上。我知道布衣土帽，才是我最初的样子。

我在无人的地方，就想赤足走路。而我的双足在遇见石子和枯草时，总是显得那么娇嫩。一不小心，疼痛就从脚底侵袭到心脏。这种蜕变的暗示，曾让我苦闷很久。就如我日夜怀念的故乡，在我投入它怀抱的那一刹那开始，我就想挣脱它的拥抱一样。一种尴尬在两处离索之间，来回地折腾着。我从来割裂不了身心能够到达的地方，无论是清醒的负累，还是洒脱的壮举，都没有一丝一毫佯装的成分。

就比如，我在小区门口遇见的这辆马车。这样的马车，这样的马车司机，我是多么多么熟悉呀。

乡间的小路上，春有百花，夏有麦香，处处是静谧和谐的风景，除了大自然虫鸟的鸣叫，就是马脖子上挂着的铃铛了。谁家的马车远远地来了，马车司机的裤腿被风吹得鼓鼓的，像两只吹起的气球。缰绳紧握在双手，“驾”一声，威风四起，马儿奔蹄，后面扬起一阵黄灰。作为有“车”一族，他们常常被乡间的人请去拉生产生活物资，好酒好肉好烟招待着，享受着无上的荣光。谁家的闺女要是嫁了个赶马车的马车司机，那一定是值得谈论的资本。

在 90 年代初期，马车甚至作为小城市里的一种重要交通工具，被人亲切地称为“马的”。有专门的“马的”车场，专门运载客人到城郊的火车站、电厂、溶济厂等。被改造过的“马的”，有软座、遮雨的顶篷、遮阳的帘子，舒适度很高。当“嗒嗒嗒”的马蹄声响起，心的航向立即就有了着落。比起乡间颠簸的小路和简陋的装备，这已算是豪华的享受了。

我坐在马车上，思绪穿越时空，回到那个烽火连绵，群雄四起的年代，两个轮子的战车曾威力无比，为一个时代的崛起立下汗马功劳。又沉醉在英国贵族的漂亮四轮马车里，享受舒适和优雅，马车是那个时代缔造淑女和绅士一个必不可少的工具。我甚至看到《诗经》里“淇水汤汤，渐车帷裳”的那个被休的女子，她在悲戚的眼中是决绝和勇敢的。不等我在华丽的回忆中苏醒，我的马车旅途就结束了。

时代要过滤某件物品时，只是一个迅雷的响声，我甚至来不及与那个时代留下一张亲密的合影。汽车时代来临了！大街小巷处处流动着各种颜色的轿车，从最初的蓝白相间的出租车，到如今让人眼花缭乱的各型车辆。就连乡村，也不再是马车的圣殿。

从一辆马车进入我的视野开始，我就明白即使“马的”时代已然消退，但在时代文明发展的天梯上，它仍是一级不可或缺的梯凳，人类正是攀援着一个又一个这样的梯凳不断前进的。犹如历史的长河中，无数翻腾着的浪花，它们以自己的方式欢送一条河流投向大海的怀抱，在流经的地方绽放不同的风景，然后才有大海的胸襟和气度。

# 来自故乡的标识

当我的身体在火车和飞机之外的地方停留，被人问及原产地时，许多人对故乡的辨识度竟然来自同一种美食——宣威火腿，这让我感到很惊讶。我天天面对的平常食物竟是异乡人眼中长久不衰的宠爱，心中的自豪感便油然而生。

一个地方因人因物因事闻名，这已成为认知他乡的一种有效手段。最明显的就是对于一个名人故乡的争议，待一个人流芳百世声名远播时，许多人对他成长的轨迹就饶有兴致起来。于是，从他出生到成长再到死亡的话题便热闹非凡，人们以成为他故乡的人而骄傲。

尽管我的故乡早在新石器时代就有人类文明的碎片，但它一直是偏僻之所，隅居于滇东北乌蒙山下。在古代帝王黎民的眼里是蛮夷之乡，不毛之地，瘴疠直行，民风彪悍，若是被贬于此，无异于被宣判了死刑。殊不知，明朝著名状元杨升庵被贬谪到云南这片山水以后，过上了神仙般逍遥自在的日子，他曾数次来到宣威与本地名流饮酒作诗，并在杨柳可渡村前高耸碧绿的石屏上留下了“高山流水，水流云在”的摩崖石刻。

且不再说秦五尺道，亦不再言诸葛亮，这些丰功伟绩在许多地方都留下了痕迹，宣威这个小小的县城被隐藏在地图里，毫不起眼，绝不敌于声名显赫的大地方。荣幸的是，宣威却因得天独厚的气候出产了一种美食，并因此而声名大噪。

在国门尚且紧锁着的时候，民族英雄浦公在廷带着宣威火腿打入国际市场，在巴拿马国际博览会上获得了金奖。一时，宣威火腿的声名大震，在车拉马驮的原始运输条件下就远销海内外，深得口碑，供不应求的局面为一个小地方经济的繁荣做出了莫大的贡献。

我不能想象当年一个以马帮起家的少年，在经历了多少风雨坎坷，才走出一条由小县城通向国际的道路。多少苦难多少辛酸都隐藏在了巨大的成功后面，人们只看到一个身材雄伟高大，目光犀利，神采飞扬的英雄，在小城的中央有千顷万厦的财产。风风光光的浦氏家族让人羡慕，受人尊敬，就连从那个府第走出的丫鬟仆人也比寻常人家的身份高出许多。

我更不能想象，在商业还是半遮半掩时，浦公的火腿加工居然以股份公司的面容出现了，别说是在一个小城，即使是在大城市，这也绝对是一桩新鲜的事儿。意识先进的浦公居然申请了注册商标，当后来人在展览馆看到这些匪夷所思的证物时，会觉得自己作为一个现代人的蒙昧和浅陋。伟大总有伟大的不同寻常，成功总有成功鲜为人知的故事。这其间的曲折历程，在一段辉煌的历史面前，只一笔就代过了，在成功的面前，所有的奋斗都有被省略的理由。结果，永远是检阅人生的重要尺度。

当年，蔡锷将军率领的讨袁靖国军路过宣威，浦公生产的火腿为正义之师提供了丰富的军需供应。红军长征路过宣威，火腿再次发挥了巨大的作用，成为红军队伍缺衣少粮时的重要补给。含盐稍重的宣威火腿，既可当肉，又可调味，抑当油盐，再没有比这更能体贴战士们胃口的东西了。

一次又一次的革命和战争，摧毁了人民的生活，又带来各种各样的新希望。一代又一代的人们在血与火的洗礼中喘息着，奋斗着，生活着。浦公的火腿产业同样经历着起起落落，大及身家性命之忧，小及兄弟不力资金不济。然而在民族危亡的关头，急公近义的浦公不吝钱粮，救济百姓，接济军队，以铮铮脊梁顶起一片天空，为革命的胜利贡献了移山心力。

浦公最小的女儿卓琳，陪伴邓小平从戎马岁月到改革开放的艰苦历程，用一个女性的坚毅和果敢谱写了伟大而平凡的一生。她是我的故乡继火腿之外的又一张被世人认知的名片，然而她又是与火腿联系最紧密的人之一，正是她的父亲用火腿铺就了她走向革命的道路，让她成为故乡永远的荣耀。

在浦公的故居，有孙中山先生亲笔题名的“饮和食德”，这历来是对宣威火腿最高的赞誉。四个字所蕴含的意义被后来人无数次解读着，常读常新之感力透纸背。孙中山先生用他革命的火热赤心为宣威火腿做了最好的讴歌，为浦公高标的品行做了最好的注脚。还有云南督军唐继尧题的“急公好义”，滇军总司令杨希闵题“味美于回”，滇军军长范石先题“调和鼎鼐”……许许多多的赞誉让宣威火腿名扬海内外，被世人的味蕾收于当仁不让的食谱大全首席。

一条小小的火腿，当它与革命相联系，并作为某种必需品的时候，它顿时高大威仪，雄风四起。然而，就是这一条条长着绿毛的火腿，它从寻常百姓家走来，成就了革命的丰功伟绩，成就了宣威人的一种生活方式。

宣威人用火腿换取生活的必需品，用火腿供养孩子们上大学，用火腿作为最贵重的赠品。以致这里的人们谨慎地对待一头猪的饲养，把它们当作家庭成员一样重要。只因它承载了太多宣威人的梦想。从浦公的马帮开始，一代代宣威人扛着火腿走出高坡顶，走向了新天地，走向成功，走向辉煌。

浦公的塑像静默地立在东山寺里，晚年笃信佛教的他，用他的善言善行给故乡树立了一个高大的榜样，人们景仰他，爱戴他，怀念他。他目光坚定地在那里守望着脚下的宣威城，守望着他用毕生心血制造的品牌——宣威火腿。后来人当以先生的德行为楷模，为宣威火腿的荣誉增添荣光。谁要是假冒伪劣抹黑了自己的品牌，谁就是历史的罪人，谁就是这片土地的叛徒。

当回望故乡的时候，每一次都忘记不了舌尖上飘荡着的味道，它鲜、酥、脆、嫩、香甜，久久地荡漾在舌苔上。无论何种吃法，都能让每一个吃过它的人记忆犹新。想家的游子归来时，母亲要做的第一道菜，必然是煮金钱火腿。香味四溢的时候，邻居们就闻到家有喜事的信号。离开家的儿女们的行囊里，最不能少的也一定是火腿。当你收到一个宣威人对你赠予火腿时，这必然是最珍贵最赤诚的馈赠。因为在宣威人的眼里，再也没有比火腿更美的滋味了。

我爱这片热土，再多的物华天宝，也比不上这条“身披绿毛，形似琵琶”的火腿带给我的喜悦更多，日日食，食不厌；天天想，想不尽。当有一天我带着火腿的味道站在异乡，客居他乡的故人们像是看见他们的亲人一样欢喜时，我深深地明白火腿已成为来自故乡最鲜明的标识，它有着乡音之外最容易辨识的气味。

第四辑

# 寸草心

# 及人之老幼

孟子说："老吾老以及人之老，幼吾幼以及人之幼。"孔子也曾说："故，人不独亲其亲、不独子其子，使老有所终、壮有所用、幼有所长、矜寡孤独废疾者皆有所养。"他们一脉相承的思想，给我们描绘了一种理想的社会状态，彰显出人性的大爱。

然而事实上，当我们面对别人的孩子时，就有后爹后娘的辛酸泪；当我们面对别人的老人时，就有了婆婆与儿媳的冤家路窄。这些活生生的例子，都不仅是发生在别人身上的故事，它正在我们自己的家或是邻居家上演着。程度的深浅是由人的知性良知决定的。在没有成为敌人之前，我们都还是亲人。

那么，那些非亲非故的人呢？且看看最近发生的两件小事，可窥见一斑。让大家也来给这个社会把把脉象。

八岁多的儿子跟着他父亲去书店买书，父亲接到电话，有急事要去处理，说好让儿子在书店先看书，等一会儿回来接他。儿子看着书，忽然内急，书店又没厕所。只好去了街对面的公厕。他礼貌地说，阿姨，借你的电话给我爸爸打一个。看厕所的阿姨说她手机没电了。儿子又请求说，那让我先进去上个厕所，等爸爸来后再把钱补上。阿姨说，不行，没钱怎么上厕所呀。儿子不敢到处乱跑，委屈地站在书店门口等救星。

二十多分钟后父亲终于来了，儿子大喜，赶紧要了五毛钱去上厕所。回来他跟我说这件事情的时候我大怒，不就是五毛钱吗，值得对一个孩子如此？赶紧拉着他要去找那人说理，简直让人太气愤，那么小的一件事情，怎么连一点起码的爱心都没有，良心难道让狗吃了吗？父子俩都说算了，小事不都过去了吗？怎么也不让我去。

晚上与朋友一起散步时，说起这件事。真是无独有偶，正是前几天，她带着儿子去广场玩，也遇上相同的事。任孩子怎么求，看厕所的阿姨总是不愿意让他进去。非得见钱才眼开，待她去问时，阿姨又不承认发生这样的事情。她气愤地与人争论，她的儿子却拉着她的手说，人家看厕所已经很可怜了，就不要这么凶巴巴对人家了。

孩子们都有一颗爱心，倒是这些无法及人之幼的看厕所的两个阿姨，心性如此相近。为了区区五毛钱，不惜让祖国的花朵身心俱受伤害。我的儿子见到他父亲时说：“爸爸，你怎么才来呀，我都憋死了。”回家时对我说：“妈妈，我今天真是太气愤了。”虽然是一件小事，可它严重影响了一个孩子对世界的看法。朋友发挥她的阿 Q 精神说，算了，就让她们下辈子也去看厕所吧。

其实，人与人能在世间相遇，已是一种前世的缘，何不对彼此都好一点呢？不仅对亲人好，即使是路人，一个微笑也是一种力量，不必太过吝啬。既然钱是身外之物，我们就多些洒脱，唯有情才是身心所生，且是可永远再生的宝贵资源，我们应该多加以应用，多留给世界一分温馨。如那句老歌，只要人人都献出一点爱，世界将变成美好的明天。

及人之老幼，天涯明月之心，天地可鉴，人间可歌！

# 己所欲与己所不欲

《论语》颜渊篇中记载：弓问仁，子曰："出门如见大宾，使民如承大祭。己所不欲，勿施于人。在邦无怨，在家无怨。"仲弓曰："雍虽不敏，请事斯语矣！"这段话的意思是说，仲弓问孔子如何处世才能合乎仁道？孔子回答道："一个人待人接物要严肃认真对待，自己不喜欢的事不要强加给别人，不论在朝在野都不要去发牢骚。"仲弓感谢道："我虽迟钝，但一定要牢记先生的话。"

千百年来，这成为人们处理人际关系的一种原则，自己所不喜欢不愿意的事物，以己及他，既然连自己都不能接受的东西，就更不能强加给别人了。这种换位思考的方式，成了君子之间的默契，维护着人们相处的方式。有时，它像是一条隐形的红线，折射出一个人品性的优劣。

然而，事实上孔老夫子在那个时候宽恕仁义的情怀，他是有其政治环境的，尽管时过境迁，其中一些精华的思想还在福泽后世。可谓君王以一部《论语》而治天下，市民以一部《论语》而警醒言行，儒家的思想构成了社会的主流价值观。但对其中一些精华，我们也可站在对立的角度去换位思考一下，会发现一个有趣的事实，那些被我们在口边背诵烂熟并屡屡运用的语言，其实正反都是辩证有效的。比如己所欲与己所不欲的问题，窃以为，己所欲亦勿施于人。因为你想要的并非就是别人想要的。

比如一些吃剩下的食物，你认为自己不需要了，就勿施于人，可是对于一个饥饿的乞丐，这些东西对于他无疑是雪中送炭。再如，你喜欢吃鱼头，在吃饭时就把鱼头捐给别人食，你认为的好东西，也许对于别人并非就是好东西。所以，己所欲与己所不欲，在很多时候，它只是个相对的问题，得看看当时的环境。即使你认为是别人所需要的，也得采取一种别人能接受的态度。施舍，有时也是一门学问。玫瑰如果送错了地方，留下的不会是余香，而只会满手被刺得鲜血淋漓。

如此看来，己所欲与己所不欲，我们首先得关注这种行为产生的后果，重点在于对方是否需要。是雪中送炭，是给人添花，还是添堵，抑或是添乱，甚至让人心生厌恶，让好事变坏事，全在于心中对世界对人性理解的一种度的把握上。

# 路宽不如心宽

在这个“车祸猛于虎”的年代，路上，每天都在上演着不同的剧目。“碰瓷”之声不绝于耳，敲诈勒索盛行。然而，在这一点上，我是一个幸运的人。

开车有七八年的历史了，一共遇见过两次惊心动魄的事。

第一次是在一个夏天的早晨，我开着车像往常一样向着瑜伽馆的方向走，才向右转，见一辆摩托车飞驰过来，我赶紧急刹车。摩托车及人撞在我的车上，歪歪扭扭地倒在离我两三米远的地方。车在一边，人在一边。我的心脏有种要蹦出来的感觉，目瞪口呆地看着眼前发生的一切。只见那个人拍了拍身上的土站了起来。

我赶紧下车跑过去扶他，问他伤到哪里，要不要立刻去医院。这时，我才看清，这是一个五十多岁的男人。我说：“叔叔，对不起了，我没看见你过来，我先带你去医院看看有没有哪里受伤，好让你放心，我也放心，然后帮你修好摩托车。”让我没想到的是，他居然走到我的车边，查看我的车的受损情况。他说：“我没受伤，倒是你的车受伤重了，都怪我速度快了，吓到你没有？”

意料之外的事，往往让人难以应对。我手足无措地站在他面前，坚持要带他去医院。他略带愠怒地回应我：“你这姑娘，真是怪了，告诉你没伤到你还不信，你是不是被人敲诈习惯了，非要赔钱才安心？”

我看着他扶起摩托车，一副要走的样子，心急了起来。我说：

"好歹也得让我帮你修好摩托车呀，你看那些碎了的地方。"他冲我笑笑，说不用了。我一再嘱咐他我家住在这附近，卖早点的这些人都认识我，如果哪里不舒服，一定要来找我！

许多天过去，也没见有人来找我，想必他一定样样皆好，我在心里默默地祈祷好人一生平安！

第二次是在一个秋天的中午，我送完孩子学琴，正左转弯时，一辆逆行的电动车撞上来。我立刻看到了血，一个年轻男人的腿上流血了，伤口不小的样子。他躺在地上，努力地直起身子来，痛苦万分的表情让我很恐惧。我想我是灾难临头了！

我伸手摸摸他的腿，感觉没有伤到骨头，心放下了一半。扶着他坐到旁边，赶紧联系医院。他示意我先不用，等他老婆来了再处理。我想，这下完了，在路上，见过的彪悍女人太多了。

一个女人带着另一个女人来了，我必须先道歉，表明我的态度，在这种时候，我不能提他逆行的事。女人说，先去医院吧。男人坚持不去，他说没伤到骨头，吃点消炎药就好了。女人说，大家都是开车的，磕磕碰碰很正常。我想若是他向我要几千块钱我也得出，没想到他说让我给他二三百块钱买消炎药。我赶紧拿出三百块钱给他，他死活要还我一百。就这样在那里让来让去半天，非还了我一百块钱。

修摩托车需要多少钱呢？一个女人向另一个女人询问，另一个女人回答，最多六十元。上帝，我真是没听错吧。递过一百去，恳请她们帮着修好，千恩万谢地表示自己的诚意。

临走时，他嘱咐我以后开车慢点，我嘱咐他骑车小心些。路边围观的环卫工人和卖水果的大嫂们都说还没见过样的事儿呢。

见过路上许多人处理类似的事，双方一下来就指责对方没长眼睛，三句话就要大动干戈。事情的恶化往往与一个人处理事情的态度相关，说话的语气往往比内容重要得多。心正世界正，心宽则世界宽。在人人都想要争口气的空间里生活，懂得自省，知道谦虚，和颜悦色地待人待己，脚下的路就会越走越宽。其实，路再宽，也没有心宽更重要！

# 墓碑上的谎言

村庄里的这对老人，拐杖已成了他们生活必不可少的工具，但他们从来不肯放弃劳作。男人不断地编织着竹器，女人一刻也不停地从猪圈忙活到鸡圈。他们是一家人，但我从小到大从没有看见过他们说过一句话，露出过一丝笑脸。

有一次，儿孙们请来摄影师，要留下一张全家福。两个老人似乎要刻意保持距离，却又要给儿孙们留些面子上的完整。末了，在全家人的强烈要求下，两个老人要单独合影一张。男人大方地坐到板凳上，女人勉强坐了下来，却不知脸和身子该往哪里搁置，横竖都没有好脸色，勉强地被儿孙们导演了一回。

据说，他们早年就分居，原因不详。几十年了，虽在同一屋檐下，却形同陌路，过着井水与河水相安的生活。他们漠然地看着彼此一天天老去，在他们的表情里看不出任何悲喜，任何隐忧，仿佛他们就是一次错误结合之后的永远不可修正。

隔着一个世纪的历史，他们的婚姻尚不受一纸证书的约束。但他们没有离弃，没有放弃，更谈不上抛弃。他们选择了一种特别的相守方式，让彼此在沉默中老去。

很多人揣测过他们的生活，但谁也无法判断事情的真相。在一个寒冷的冬天，九十高龄的女人熬不过凛冽的寒风，她安静地离开了。在男人的脸上，依旧探寻不到与悲伤有关的任何信息。他的胡子全白了，戴着棉帽，穿着宽大的棉衣，两只手深深地相握着躲进袖子里。他眼神空洞地看着忙忙碌碌的儿子们，不问不闻的表情有点让儿孙们难过。小儿子忍不住地对他说，妈走了！他看了儿子一眼，依旧什么话也不说。

晚上，意外地传来男人也过世了的消息。

听过多少誓言，最动听感人的不外乎是同心同愿地希望两个人能同年同月同日死去。想必这对一世漠然相对的老人，他们不懂得这么美丽的誓言。

两口漆黑的棺材并排地躺在一起，此刻，他们之间再没有了任何的别扭。冥冥中，似是上天的完美安排，他们的相守，终是要用这样一种方式来得到世人的认可。他们之间的所有过往，皆被这突然的安排冲淡了，忘记曾经的隔膜，他们的一生，可以当成一段关于爱情的永恒赞歌。

明月短松处，枯草连天长，他们的坟墓并列在一起，凝重地注视着绵绵的山脉。子孙们说了，这是福人之地，必然子孙兴旺，世代富贵。子孙们兴奋地为他们树碑立传，墓碑上铭刻着他们平凡而伟大的一生，满目的赞誉之词。

印象最深的是赫然书写着他们夫妻恩爱和睦，相敬如宾，举案齐眉。这是一个多么华丽的谎言啊，居然被庄重地刻在这里。多年以后，后来者将深信不疑，这里长眠着一对楷模的夫妻。无论他们生前的德行，还是死后的效行，都值得人们歌颂和学习。

村庄里的人们早已忘记了他们之间曾经的别扭，但他们一定记得这两个高寿的老人在同一天离去。这是一件值得人们津津乐道很久的美事，尤其是他们的后代，在某种程度上可以证明一个家族曾经的造化。

尽管他们在世时彼此难容，一直以不妥协不让步的姿态相对，但就在他们同时死去的那一天，他们的子孙们就有了大胆的设想。用一种假设中的美好去代替难以言说的隐情，在铁定的结局里，所有的过程都那么不值一提。于是，谎言披上了华丽的外衣。它们真实地站在那里，站成永恒的姿势。

踏着细草在坟地里转悠一圈，发现这里长眠着的人都是那么可亲可敬，他们贤良淑德，勤俭克己，知书达理。人们总是愿意把一切美好赋予死去的人，活着的时候，他们配不上这些美德。在被描绘过的蓝图下，我愿意相信这是另一世界里人们造化修行过后的模样。

墓碑上的谎言，诚如那一张张被刻上特别符号的白纸，活着的人大把大把地焚化，说是它们到了另一个世界里，可以当成通行的货币。其实，我一直分不清楚这世间无数的谎言，究竟是哄了鬼，还是哄了人。

# 如松高风

## ——写给宁明功先生八十华诞之际

每一个故乡的传说里，对于能荣耀故里的人都会成为一种骄傲，被当作教育的榜样长久不衰地站在那里。先生与我家相隔不到十里，在我很小的时候，先生的名字就已如雷贯耳。父老乡亲们在提起先生时的表情是敬仰爱戴，外加欢喜自豪。紧接着，他们就会开始语重心长地教导，大致意思都是要激励孩子们向榜样学习，沿着先生的足迹去努力奋斗。

那时，西泽有一所中学叫宣威县第六中学，学校就在先生家的附近，每每老师们在讲课时，总在有意无意之间把先生给乡邻带来的骄傲作为一种典范。这所学校为西泽这个山清水秀的地方培养了许多优秀的人才。莘莘学子们前赴后继，纷纷书写着自己畅意的人生。尽管大多数人未能如先生那样，学富五车，仕途青云，名扬八方，但他们从未否定过榜样的力量，并以此而奋斗不息。

我参加工作时，先生为官造福，为人纳慧，博闻广记，才德兼备的美名在宣威这个地方已如春天的花朵，到处烂漫了。但先生对于我，依旧是以一个偶像的模样出现的。我既不知道他家住何方，亦不知道他的模样。

直到许多年过去了，我因为热爱写一些小文字，一次偶然的机会，我才认识了先生。没想到先生是如此亲切爱才，更没想到自己所写的文字还被先生点评赞扬，并寄予厚望。他亲切地称呼我为“小老乡”，我亦跟着众人称呼他为“宁老”。其实在我心里，我是想称呼他为“伯父”的，这是一种心理上的亲近和爱戴。

我带着一种对文化和品德的尊敬走近先生，越是走近，越觉得他就是站我们面前的一棵松树。先生如松高风，照见后人，在这个浮华的时代谱写着最独特最动人的乐章。老人们围着他，因为他是太阳，处处给人温暖。年轻人们围着他，因为他是一棵不老的松树，不畏严寒，不惧酷暑，挺拔向上，四季常青。

古人把“亭亭凌霜雪”的长松，比作“受屈不改心”的君子，把“独立自萧”的南山松，推崇为孤直清高的节操。“高松出众木，伴我向天涯”更是先生情怀的一种真实写照。然而这些我都觉得不够，因为先生是长在我们近旁的一棵松树，南山与黄山离我们都太远了。这小小方域里的这样一棵松树，像一盏明灯，指引着我们奔向光明，奔向远方。人生的活法有许多种，但先生的活法无疑是一种精彩。

许多墙壁上悬挂着先生的书法，空灵洗练，既瘦若先生的身体，又厚若先生的品德，走到哪里，我都能一眼识别出这是先生独一无二的用左手写就的书法。还有他用厚重老练的笔法写出的大文章，给人智慧，让人启迪。文以载道，先生最是当得。

在先生的八十华诞来临之际，我最想祝福先生笔健身安，愿先生的每一天，都充满欢乐和笑声。让我们可以长久地沐浴在先生给我们普泽的阳光雨露里，引领我们向着松树的高度生长。

# 五大爹回来了

对于这个叫关营的村庄我是陌生的，车一到热水镇上，我就开始打听一个叫韩龙的人家。奇怪的是无论是小卖部的大姐，还是正在洗菜的大妈，她们都知道韩龙的“五大爹要回来了”这事儿。看来这是小镇的一件大事，家家户户都知道这个离乡数十载的老人今天要回来了。

韩龙家的院子里，正在磨刀霍霍向猪羊，一副要大办喜事的样子。韩龙的爷爷——六大爹端坐在大门口，看得出他的心情有些激动。就要见到阔别多年的哥哥，他怎能不激动呢？

外面的人喊，五大爹来了，一个院子的人都忙着迎了出去。韩龙扶着腿脚有些不利索的爷爷站在最前面，亲戚朋友站成两排。一个戴着帽子、清瘦矍铄的老人从车上下来了，十几步的路程，老人走得很沉重，像他离家几十年那样沉重。他慢慢地走来了，眼睛直视着这个他早已认不出的弟弟，只有眉眼间的蛛丝马迹依稀可辨。他们紧紧地相拥在一起，久久不肯分开，哥哥哽咽着抱紧弟弟站不稳的身子，所有离别后的思念都化作一滴滴幸福的泪水，流在每个见证的人的脸上。

一个南腔，一个北调，总是要借着手的比画才能明了彼此的意思。六大爹说五大爹被抓壮丁时才十四岁，刚扶得起犁把手。听闻哥哥被抓了，他前去送饭，因他的身板好，是个当兵的好料子，险些也被抓了。少小离家的乡音啊，怎么经得起南北辗转的折腾，一个忘记了乡音的人啊，在异乡的夜晚是如何将思乡的心安放在枕下？

五大爹一去经年，再无消息，家中的亲人挂念的方式变成了一张张的纸钱和一缕缕的青烟，他们以为五大爹早已不在人世了。

让一家人没有想到的是，他们的五大爹要回来了！这真是天大的喜事呀，难怪一家上下以礼相待、左右忙碌，只为等待这个久不谋面、只活在传说中的五大爹的到来。

五大爹耳朵背，六大爹牙掉光，但并不影响老哥儿俩以他们自己的方式交流。他们边比画边大声说话的样子让人心酸。真是造化弄人，让兄弟流离、亲情难依，若不是一种机缘，也许此生都难再见。

老哥儿俩舍不得浪费这重逢的时光，连睡觉也要像小时候那样挤在一起，这几十年的话永远都说不完，想到哪儿说到哪儿，直到沉沉地睡去。

后山的墓地里，埋着他们逝去的亲人，五大爹一跪下去，就再也起不来的样子，他的身体在接触泥土的那一刻，仿佛躺进了母亲的怀抱，成了一个不谙世事的少年。这一去，忠孝难两全的悲伤就一棒子打在五大爹的胸口，他不能呼吸，不能抵抗。

多年没有故乡的消息了，多年没有喊过爹娘了，就让悲伤的五大爹多跪一会儿吧，就让他在墓碑面前痛痛快快地哭一场吧。他想向爹娘忏悔一生未尽的孝心，想向哥嫂说些贴心的话。因为五大爹知道此去又是经年，连他身上的这把骨头也不能回到故乡的怀抱了，他要站在故乡的土地上仔细地打量它们，出神地看紧它们。

许多年了，五大爹的身心已从生他养他的故乡移植到了辽宁一个叫葫芦岛的地方，在那儿开花结果，他的身体在经历了战争的炮火洗礼之后，已深深扎根在另一片土地上，把那儿当成了自己的第二故乡，并在语言、饮食、文化上已彻底地归顺了它。

在有生之年回乡一次，是五大爹此生的一种奢望和幸福。很幸运的是，五大爹的这种幸福几乎是在一周之间就凭空而降了。

事情的起因还得从一条信息说起。一位远在青海的作家朋友张柯平给我发来一条信息，他说他在东北志愿者群看到一则消息："一位叫韩光武的老人，是流落东北的抗战老兵，现年92岁，云南省宣威市热水镇关营村人。有生之年，老人最大的心愿就是能与家乡的亲人联系上，并能回家看看。"

这是一则多么让人牵肠挂肚的消息呀，热水是离我不远的一个小镇，这样一个离乡几十载的老人这点小小的心愿，让我显得有些心急火燎，我害怕我迟了，老人的心愿就会成为永远的遗憾。已是深夜十一点了，我顾不得礼貌，打电话给热水镇的浦绍虎书记，请他帮忙寻找老人的亲人们。想必浦书记也是像我一样心情的人，第二天一大早我就接到他的电话，说老人有哥儿六个，现在还在世的是最小的弟弟韩光清老人，也就是文中我提到的六大爹，并把六大爹的孙子韩龙的电话给了我。

我在万能的微信圈把这个消息发出去，大意是希望政府部门、慈善机构或是爱心人士来帮助老人达成这个小小的心愿，最终被叶炘睿带领的民间公益组织麒麟区美爨爱心助困协会全权承办了。不到一周的时间，爱心志愿者们采取接力的形式，一站一站地接应，五大爹在短短的时间就站在了热水的土地上，紧紧拥抱着自己阔别多年的家乡。

省亲几天的五大爹就要走了，他要回到属于他的土地上去，那里还有他病中的儿子需要他，还有他住习惯了的房子需要他。我不知道在五大爹的有生之年，可否再回乡一次、两次，甚至多次，但我衷心希望他健康长寿，不时地带着他的儿孙们在过年过节时回到他的故土，与失散多年的亲人们团聚欢笑。当我从热水的街上走过时，还能听到大姑娘小媳妇们在说同一件事儿：五大爹回来了！

# 遇见你

常常心怀感激地对人说:“遇见你，真好！”生活的所有关口，生命的所有节点，都是因为遇见你，让一切困难迎刃而解，让一切美好如花绽放。

一直觉得自己很幸运，下雨时会遇到伞，天热则正巧经过绿荫，常常被温暖和情谊所感动，所到之处，即使不能四海春风，也必定阳光明媚。愿意把欢乐与美好不吝啬地分享，愿意对陌生保持尊重和良善，心存感恩，心怀旧念，让时光安然成长。

有时，被一位卖菜大娘的亲切呼唤而感动；有时，为一种陌生的惦念而激动。生命在不停的流动之间变换着姿态，谁也不会无缘无故地出现在彼此的生命中，遇见了谁，爱上了谁，都有一种宿命中的因果。一如我必须热爱我门前的这条街，因为我知道无论我活着，还是死了，我都要从这里经过。我亦热爱从这里经过的人们，正是他们见证了我生命的质量。

一些人从我身边匆忙地走过去了，即使我的存在从未引起他们的关注，也一样不影响他们给予我的力量。许多的不经意，会是我思想的眼睛，我由此而感知世界不同的美。我在那个无论刮风下雨都在卖着烧饵块的大姐身上，看到了生活的希望。另一个残疾的中年男人，我每次经过，他都在忙碌着捣鼓那些坏了的自行车。从他们那里，我获得了一种生活的力量。这些从我心灵深处得到的领悟，更能接近我灵魂的本真。

而河边随风的柳树和坚定的杨树，它们让我懂得妥协的幸福和坚守的快乐。还有楼顶上喜鹊的叫声，楼下夏蝉的鸣叫，哪一样都是给予我幸福的源泉。我不曾忘记采撷生活的浪花，以让生活的海洋更加宽阔。

有的人，即使面对一辈子，也不会有心灵上的交集，而有的人，即使这辈子不碰面，心灵也一直是相通的，精神上的共鸣远比世俗的交往更能打动人心。在精神的领域里，我们试着领悟别人，试着感化自己，在高山流水之间，遇见伯乐和知音，慢慢修塑自己的人生轨迹。

遇上性格相投的人，愿意共剪西窗之烛，正如那个名叫艳子的姐姐所说的："心性相同的人，即使不相遇，也定然正走在相遇的路上。"我喜欢她这份洒脱，如四月的阳光穿过云层，直射在我的心湖上。所遇不顺耳不顺眼之人，从前，我总是喜欢以"三把板斧"伺候，有种不到黄河誓不罢休的固执，忙着解释自己，总是显得那么多余和无力，这一定是心灵不够强大的表现。

后来，又是她告诉我，化骨绵掌才有杀伤力。小巧玲珑的她举重若轻的样子，有点让我嫉妒，好在她是个大方的人，她愿意教，我愿意学，我在她淡若清风的一招一式之间领悟了许多东西。慢慢地，我不再固执，甚至不愿再强势，如果可以，我愿意弱弱的，像一缕风，慢慢吹过湖边的柳，在夕阳残照时，轻抚着自己不再年轻的脸庞。

得良师，遇益友，哪一样都可能让我在成长中不断修正和完善自己。把生活当成修行，这是多么强大的自省呀！

这许许多多的遇见，让我在阳光中感受晨露的恩泽，在月华间畅饮美酒的甘醇。有时，觉得自己好生粗浅鄙陋，以致不知道拿什么来爱这个世界，如果某天，你遇见了我，请一定敞开双手，接纳一颗赤诚的心灵，让我知道怎么来爱你，爱这个世界！

# 最谦卑的姿态

秋天的田野里，漫步在金色的稻田边上，秋风飒飒而过，沉甸甸的稻穗谦虚地低下头，随风轻轻摆动，发出沙沙的声音。也有高昂着头颅的几枝稻穗，招摇地站在那里，那么显摆，那么不合时宜，我知道它们是胸中无物的秕谷。那一刻，我仿佛被自然界上了一堂生动的哲学课，这堂课的名字叫最谦卑的姿态。

在大自然界里，还有另外一种动物的智慧，值得人类学习。企鹅世界的生存法则里有一条不成文的规矩，那就是不向低头而过的企鹅挑战。一群好斗的企鹅正在进行混乱的战争，你争我夺之间谁也不肯让着谁。忽然看见一只低头而过的企鹅，所有的企鹅会自动让出一条路，直到那只低头的企鹅走远。这只低头而过的企鹅，曾被复杂的人类演绎出很多身份，有人说它一定是万人瞩目的领导，理应受到那样的礼遇，也有人说它是香风袭人的绝色美女，让耕者忘其耕，锄者忘其锄了。事实上，它只是一只企鹅妈妈，因惦记巢中的孩子而急忙赶路。这样的法则在企鹅世界里被推崇备至，而在人类的世界也毫无例外。也许是人类天性中对于弱者的同情，人们对于主动示弱的对手总是留下七分宽容，愿意释怀放手。从“退一步海阔天空”，到“伸手不打笑脸人”的感悟之中，你就知道这是人们在低头低眉之间悟出的道理。

民间还有“弯腰之树不易折”之说。那弯腰之树，比起临风摇曳的玉树，挺拔已是不能企及的，但它一直以这样谦卑的姿态站立着，至少可以规避风雨雷电。弯腰的树把低头当作一种谦卑的姿态，在经历数次雷电风雨后，它依然坚定地站立在属于自己的位置上。

作为人类，适时适度地懂得低头，在我们的生活中有着重要的意义。女人在低头的温柔里享受爱情的幸福甜蜜，男人在低头的姿态保持着向上的力量。低头，像一把衡量人生智慧的尺子，尺度尽在人心的把握之中。曾有人问哲学家苏格拉底：“作为天下最有学问的人，你知道天与地之间的高度是多少？”苏格拉底回答：“三尺！”那人叫：“普通人都三尺高，天地之间却只有三尺，那岂不是要头戳苍穹？”苏格拉底笑道：“所以，这世上凡高度超过三尺的人，就要懂得低头。”这是我们伟大的先哲关于低头最深邃的思考。

从大自然和先哲给我们的启示中，我们也应该明白低头是一种最谦卑的姿态。它绝不是一种单纯的示弱，而是一种力量的蓄积。愿我们有稻穗的胸怀，胸中装满沉沉的智慧；愿我们做一棵弯腰的树，能抵御更多的风雨雷电；愿我们可以像企鹅妈妈低头路过，那样我们不仅能避免外界的伤害，还能看清脚下的道路，不受坎坷流离之苦。

# 献给英雄的挽歌

火红的攀枝花开得正艳时，西宁路上上演了一起英雄事迹。血流在店铺前的街道上，令人触目惊心。昨夜的东风已将这件事吹至大街小巷，围观的人群一片叹息与哀伤之后，神情警醒地走开了。

他们要回去告诉家中的妻儿老小，见义勇为的事儿不能管，因为英雄倒下了。为了活命，就不如做个小小的顺民，那些与自己无关的事，就高高悬挂在别人头上吧。

倒下的英雄只有十七岁，有人说他是江西人，也有人说他是湖南人。总之，他是一个远离家乡讨生活的少年，从一个偏僻落后的乡村，来到另一个不发达亦不甚兴旺的县城，换取自己的温饱，抑或是可以诗意地解释为在奔赴梦想的途中停留。

人们不知道他来这里多久了，只知道在一个平常的夜晚，正在加班工作中的他，突然听到两个女人大呼“救命”的声音。他放下手中的活儿，以飞翔的速度冲出去，看到逃跑的歹徒，拼命地拦截下来，追回了两个女人被抢夺的财产。

惊魂未定的两个女人也许连声“谢谢”都忘了说，她们惊恐地向家的方向奔去。十七岁的少年松了口气，他开心地笑了，他为自己能成为一个有用的人而高兴，仿佛这一瞬间，他就长成了男子汉。

就在他要关了店铺准备下班时，一伙持刀的歹徒来到他面前，他甚至来不及思考报复的含义时，几把刀子就指向了他的身体，他大声地呼喊“救命”。可惜深夜的街上再无人听到他的声音，即使听到了，也不会有人在强盗的面前愿意自取灭亡。就这样，他倒在了血泊中。

当警车呼啸而来的时候，歹徒早已扬长而去了。而医院，再也唤不醒一个失去呼吸的人。

血流在大街上，流在人们的心里。痛一点点侵袭着人们的神经，也一点点麻木着人们的良知。

总以为英雄应该配上宝马、快马、鲜花、美女，然而，这个还未成年的孩子卑微地死了。他一定是这个世界上最大的冤魂，他用他的身体换来的不是任何荣誉，也没有成为这个时代的光荣楷模。即使在不小心之间成为楷模，也是成了一种害怕担当的活教材。在“义”与“勇”的面前，“命”是无与伦比的第一位，于是，“义”成了最稀缺的资源。人们以他为榜样，告诫一个又一个的年轻人，千万不要管闲事，一不小心你就会失去生命！

英雄的母亲来了，她跪倒在异乡的大地上，乞求苍天还他年少的儿子。除了漫天的雨，除了无边的泪，再没有什么可以抚慰她悲伤的内心。当她提出那个小小的要求，被人决绝地拒绝以后，她抱着那个装着她儿子生命的小盒子悲痛地离去了。

其实，那个小得不能再小的请求，只能算作是一点小小的念想。我可以理解为她想见见最后见到她儿子鲜活容颜的人——那两个受害的女人。当初，电视上公告寻找证人时，许久不见她们去配合调查。后来，又要拒绝一个心碎的母亲。我无法知道其中的过程是否有难言的苦衷，只能在自己的生活里妄自揣摸一下自己的良心。

许多年前，遇见坏人横行时，可以当作过街老鼠来打。如今，即使眼看着行凶的坏人，也只能视若无物。榜样的力量后面原来是让我们更加懂得生命的可贵，以致人们都忘记了所应遵循的“道”。

无数的英雄都死了，他们用自己的血肉之躯树立起的丰碑，正在被人们当作一种有利于自己的道具。人们疼惜他，爱戴他，但从不想成为一个他们那样的人。也许有一天，“英雄”只作为一种名词，存在教科书里。那么，许多许多年以后，许多人都将死于一种叫作“冷漠”的疾病。

5

第五辑

# 玲珑透

# 想做妖精

三界之中，女人们最想做的大概就是妖精了。做一个美丽善良的妖精，来如风，去如影地逍遥自在着，可以红袖添香，可以摄人魂魄，可以动人心弦。

小时候，常听大人们说妖精的坏话。一直觉得妖精是十足的坏东西，与人并非同类，不可与之为伍，人人要得而诛之，以正人心。后来又听大人们说某某人是狐狸精之类的言语，心想那一定是个邪恶十足的坏女人。

长大些，读了《聊斋志异》里的一些篇章，最是不能忘记那婴宁的笑，千年不绝于耳。我开始转变了对妖精的看法，似乎人和妖也有善恶好坏之分。

再后来，见过许多狐狸精一样的女人，慢慢就明白了一种道理。所谓的狐狸精，她们都是风情万种、姿色出众，引无数男人回头的女人。罗敷必定是农妇眼里的狐狸精，她在城南采桑时，“行者见罗敷，下担捋髭须。少年见罗敷，脱帽著帩头。耕者忘其犁，锄者忘其锄。来归相怒怨，但坐观罗敷”。

一部《聊斋志异》之所以能让人百读不厌，我想那是它终于顺应了几千年来男人对女人美丽和智慧的要求，拨动了男人们心里最柔软最动人的那根琴弦。女人的美丽对男人总是有着不可抗拒的诱惑。于是，长着美丽面孔的女人就像持有一张绿卡，所向披靡。如果她再有个智慧的脑袋，那就惊为天人了。海伦的美貌引发了历史上著名的特洛伊战争，还有美丽的埃及艳后克丽奥佩特拉，用她的美貌和智慧让两个英勇的男人不顾一切地拜倒在她的石榴裙下。

多少美丽的女人在历史的长河中留下了她们的痕迹，让人唏嘘不已，可歌可泣。她们的影子，经过文人的加工，历经时代的发酵，慢慢地演绎成了善恶分明，神乎其神的妖精。今天，人们把千娇百媚而又风情万种的女子，冠以“妖精”的美名。她们长着天使的面孔，魔鬼的身材，是女人们羡慕嫉妒恨的焦点。许多女人痛恨她们，却又巴不得自己也成为那样的女人。

女人对美的极致梦想，大约就是想做一个妖精一样的女人。她们不顾一切地美容美体美心，甚至敢冒着生命危险去整形，为的就是有一天，让自己变成一个从千年古墓中爬出来的迷人小妖。

# 女人之美

心底一直喜欢旗袍，认为女人的曲线与玲珑都能在那一袭典雅高贵的华袍里彰显。

张曼玉在《花样年华》里的精彩表演，让我更深刻地喜欢这个让岁月与美俱增的女明星。她还青涩不甚出名时，我喜欢她阳光明媚的笑靥，露出一口洁白的牙齿，没有一丝造作的笑容，透露着无敌的青春。当岁月沉淀了她的沧桑与从容时，又锻造出她身上另一种闪着智慧光芒的美丽。旗袍下的万种风情，无一不是致命杀伤的武器，那一种形、那一种态诠释着女人极致的美。

看过对张爱玲当年装束的描写，说她去印刷厂校稿时，因她的装束让所有工人们都停下了手里的活儿。我不知道张爱玲当年是如何装束的，定是惊艳无比吧。见过张爱玲无数的照片，她不属于那种有花容月貌的女人，却是极有态的女人。

女人之美，在于有态、有神，有趣、有情、有心。最美在于态，媚体迎风的喜之态，微嗔柳眉的怒之态，梨花带雨的泣之态，胸雪横舒的睡之态，甚至是斜倚慵慵的懒之态，快快息息的病之态。这些都是女人另类的美，唯有内心精致的女人才能折射出这些形态上自若的美丽来。

作为女人，也许我们不一定能做到有态、有神，有趣、有情，但至少我们一定能做到有心！明代诗人张潮曾说过，关于女人的美：“谓美人者，以花为貌，以鸟为声，以月为神，以柳为态，以玉为骨，以冰雪为肤，以秋水为姿，以诗词为心，吾无间然矣。”若是称得上这样赞扬的女人，必定是人间的尤物，可以秒杀所有男人和女人。

一些天生的东西也许无法丽质，但后天的修为是可以造就女人的很多美的。就像我们看到一个姿色平平的女人却觉得她很有味道，她的气质、气场、气度，无一不在举手投足之间流露。这世间，向来只有懒女人，没有丑女人。

是谁做了关于女人美的论断与宣言？“人之美，下美在貌，中美在情，上美在态。以镜为镜，可以观貌；以女人为镜，可以动情；以男人为镜，可以生态。无貌，还可以有情；无情，还可以有态；有态，则上可倾国，下可倾城。”不论是女人的哪一种美，只要发自心灵的都能让人动情动心。

己心妩媚，则世间妩媚，己身美丽，则世间美丽！我们可以从自己做起，做一个爱美懂美的女人。

# 怀才和怀孕

某年，网络流行一句经典的话："怀才就像怀孕，日子久了，总能看得出。"而事实上，你细细推敲会发现怀才与怀孕是那么不同。最明显的表现是，怀才比怀孕的日子要漫长得多，怀孕比怀才的过程要艰辛得多。怀才的结果有可能不遇，而怀孕的结果必然要有相遇。

怀才者，若遇伯乐，好比金风玉露一相逢，人间多少春风得意之事将在马蹄下连连催生。这是怀才者最美好的结局。怀才不遇者，若是不肯放开胸襟，以道家出世的思想来武装自己。在东篱下采菊，在山花间放歌，一杯薄酒，几盏夜话。把日子过得诗情画意，没准儿还能千古留芳。你若是硬要抓住独木桥上那根绳子死死不放，终其一生潦倒者，受尽折磨摧残者，必然是怀才不遇者。怀才不遇者，终会遇上人间最痛苦最深刻的孤独，甚至是凄凉。

才，催生美好；才，招致苦痛。祸福总是相依的，看君如何以大肚而容下大才；小才，容下不遇之才。

怀孕者，遇人而淑，良人所伴，骄傲地腆着个大肚子，忍受着一切苦痛和煎熬，心中存着美好希望。心甘情愿地破坏了身材，破坏了容颜，撕心裂肺地把自己一分为二。满心满怀地守望着一个生命的诞生，陪伴着一个生命的成长，并愿意为他倾其所有。这世界从来没有一种爱可以像母爱那样只求付出，一生无悔地享受着这样的快乐。

所遇不淑而有孕者，那个小小的生命成了唯一的不舍。许多悲剧和喜剧都是由怀孕开始的。有皆大欢喜者，有如临大敌者，有成为情感联结的纽带，也有成为各奔东西的借口。个中的理由，要看个人对于生活和情感的需求而言。

有人怀才一生也不显山露水，但他始终以饱满充盈的内心来面对生活。这可算是大隐于市的大才，最为人所敬佩。有人怀才，日子久了，无人看得出，就抱怨不止，牢骚满腹。这样的才，不怀也罢。才，是为自己的生活服务的。

怀孕的结果，要么生下来，要么中途流产。这肚子里实打实的货物，日子久了，必然要被人看出来。好在十月怀胎的辛劳总是有个盼头。盼望着，盼望着，人类的繁荣昌盛就这样一代一代地延续下来了。有不幸要中途流产者，被一切宗教视为异端。终是伤了身体，伤了心情的事。没想好前，君还是别往怀孕的边上站去，最不济的预防措施可要记牢了看清了才是。

从古代皇族到现代黎民，怀才和怀孕都是生活中的大事。怀才者，一举成名天下知，从此，光宗耀祖，门楣光大。怀孕者，母以子为贵，成为国家或是家族重要功臣，从此，家族大业后继有人。这些都是传统文化最强烈的需要。

怀，怀抱，都是身体的一部分，我们用身体用性命去拥抱的才和孕，都是我们视之为生命的重要东西。无论是哪一种，我们都要耗费许多精力和心血去苦心成就。除了爱惜、珍重，除了欢喜地接纳，我们还需要一颗博大的胸襟，对怀中之物，以一种对人对己负责到底的态度去经营它，爱护它。

# 放逐

在浩瀚的历史深处，掌权者曾以无数理由放逐过各色官员。有人沉沦不归了，有人逍遥成仙了，有人客死异乡了。同样的路途，不同的归宿。

除了天空冷挂的秋月，除了冬天远飞的大雁，还有那阵阵离人悲歌的琵琶声，与这一路凄凉的心切切相吻。未来就像一个不可预知的黑洞，牵引着人们一步步向前走着。

桌上的茶凉了，没有人再续上，那些辉煌那些灼目都遗失在了万众瞩目的舞台上。台上坐着那个权倾一方的人，我曾山呼万岁，我曾顶礼膜拜，以为这是知遇，以为这是知己，可以托付未来，可以共商四方。当一些阴谋与小人横乱江湖的时候，我成了一枚棋子。在举棋的杀戮中，我成了阶下的大夫。尚能保全性命，这已是格外的恩情。

放逐，放逐了我的身体，也放逐了我的灵魂。

肃杀的北风呼呼而过，冰冻了脸上的泪水，有送行的亲友，神情凝重，泪眼模糊。这次没在深蓝的桃花潭水边上，而是悲壮的易水旁。我对着天空大声说我还要回来的，这里是我的家园。大雁惊叫而过，泥潭里现出它们美丽的身影，竹林沙沙的声音，是给我的离别絮语。

我骑着瘦瘦的白马，踏上远行的路途。天地间孤零零的身影，渺小如一个小小的黑点，想着此去经年的凄苦，所有的悲伤被放大了，如倾泻的洪水将我吞没。

这流年的落花无情地飞舞着，这百年的江河日夜奔流不息，还有这路边的浅草。我的马轻掠而过，它的背上驮着一个伤心断肠的人。如果给我一柄锋利的锐剑，我定要斩断这枝枝蔓蔓的缠藤，是它牵绊了我的前途。如果给我一壶浊酒，我将把所有的悲恨溶解在酒里，饮下这百年的悲伤，它可以解我千愁，忘记这世间的苦痛。

我宁可做这马蹄下的浅草，可以摇晃着站立起来，一阵雨后我就鲜活了。我宁可是那一季的花朵，盛大地绽放在属于自己的季节里。何苦做了那一个要直立行走的人，如今颜面无存，性命未知。

别了那雕龙画凤的楼台轩宇，别了那美酒烟花的京城，别了我曾坐过的那把陈旧结实的椅子。听说那是蛮荒之地，听说那里瘴气病疾，还听说那是民风淳厚的地方。

我喜欢一些淳厚的东西，比如美酒，比如清泉，比如善良的心灵，比如厚重的乡情。想到这些，我兀自有些高兴起来。风不再那么凛冽，景不再那么荒芜。就把我那些恒久的思念释放出来吧，还有承载着我儿时快乐的童谣。因为这些，我曾那么快乐过。

这怎么是放逐呢？这应该是一次生命的旅行。

这沿途的美景，可以养眼养心，带着自然的野性穿梭于的眼前。这不是我心灵深处一直向往的大自然吗？有风有花有月，这满腹的诗书，趁着年华，一路美景！我的心慢慢在回归，一种天然的本性在膨胀着。田野里劳作的人们在放飞着山歌，耕牛在悠闲地吃草，还有那啼哭的孩子怕是在寻找母亲的乳房吧。

原来，幸福不是身在何处，而是心在何处。

人们隆重地接待我，热情地表达一种喜爱。这是多么至高的礼遇呀！没有传说中的荒凉，到处是人间的善意。蓝天白云草地举目就是，山风明月清泉尽收囊中。当淳厚种植在姑娘和小伙子们身上时，地狱也闪动着人性的光辉。这是离天堂最近的地方。

在山水间徜徉着身心，在放逐里感悟着至真的情怀。高悬的仕途上不再有沉重的叹息，宫廷里的血腥斗争也不再染指半分。在柳公的小石潭前观鱼的优美身姿，任汨罗江水滔滔，心中无愤无悲。

有一天，对于朝廷的飞马传书，我淡然相迎，莫非又是一次放逐。居然是召还的诰书，命我火速回京城。奇怪的是，我竟没有一丝喜悦。这年年月月的厮守，我已成了这土地的一部分，又要无情地将我割裂。可这是无法抗拒的君命呀，一次又一次地委屈了自己的心。

这次没有悲愤的眼泪，只有不舍的离别。这山山水水间留着我的足迹，那风风雨雨是我走过的步伐，还有眼前真真切切的情感。这些沉甸甸的馈赠，是我一生最昂贵的收藏。打马挥泪，在这山花烂漫的时节。我不敢回头，我怕薄薄的春衫经不起这迎风的泪珠。

一路的浅草对着我微笑，多年以前它们就是以这样的姿态面对着我的悲伤。如今它们还在，却是物是人非了。高高的明月挂在天上，随行的人说那是天子的眼睛啊。他一直在盼望着我的归期，我的手指头已算不清楚我走过的岁月了。天子还是那个威严的天子吗？

浩荡的朝野看不出丝毫的异样，一种排异的情愫在慢慢升腾。只有我知道这一颗放逐的心灵是无法收回了。

这一次，我才明白我真的被放逐了。

# 女人的辈分

这世界的普遍联系，让人对辈分总是那么兴致盎然。除却血浓于水的亲情，抹不开的正亲正戚，除此之外的辈分之说总是以水泊梁山的情怀出现在人的眼前。论资排辈已成为社会这把交椅上的擂台赛，你方唱罢，我方登台。而今天我要说的仅仅只是女人的辈分。

自古，女人的辈分是被忽略了的。在国人的伦理道德里，只要不是三代以内的血亲，面对姻亲关系，向来是论配不论辈的规格视之。无论从封建王室，还是普通黎民，女人的命运大多维系在婚姻的砝码上，如一颗飘零在风中的菜籽，种在肥沃的土地上她就茁壮成长，种在贫瘠的土壤中她就辛劳拔节。因为收获与结果的决然不同，在一生的幸福面前，辈分自然成为被舍弃的最次要因素。

娥皇、女英共侍一夫的佳话，被传诵得久远，汉宫的飞燕、合德姐妹也成了流芳百世的经典故事。人们认同了这些同辈演绎的佳话妙事，而对于孝庄太后与自己的亲姑母及亲姐姐共侍皇太极一事，也表达了最大的宽容，愿意为了政权的最大利益去忽视了女人的辈分。当然，人们更忘记不了另一个封建王朝里最了不起的女人——刘邦的皇后吕雉。她为了巩固自己的权利，不顾伦理，把自己的女儿鲁元公主的女儿张嫣嫁给自己的儿子惠帝刘盈。

吕后的泼辣凶悍与勃勃野心，软弱谦和的刘盈面对母后的淫威与眼泪，他屈服了。张嫣贵为皇后，却一生处女，这样的悲剧是与辈分紧密联系的。若非是自己血浓于水的亲情，舅舅与亲外甥女之间又怎会多了那么些尴尬与无奈。吕后成了悲剧的凶手，她亲自扼杀了自己的儿子和外甥女的幸福。

这些关乎皇室尊严的往事，早已风干成为历史，不管它是丑闻还是佳话，都已是前车之鉴。它让我们对女人的辈分有不同的认知，最要害的地方一定在伦理界线之内，不能乱了人间纲常最起码的底线。

在百姓之间，也同样存在不同的案例。同一个地方，姐妹几个嫁进一个寨子，嫁给了同姓不同辈的几代人，不同辈分的孩子都共享同一外祖父母。不是佳话，但也绝非丑闻，百姓之间就产生了新说法，他们说“各山阳雀各山叫”，各依各教。姨是姨，爷是爷，比谁叫谁。倒成了约定俗成的规矩，并没有什么别扭可言。

曾听闻一事，有个性烈的女子被丈夫虐待，离婚后嫁了同村长一辈的男子，生了孩子，那孩子的名字死活要叫成前夫的名字。听来让人觉得不可思议，不知她是为了解恨，还是为了什么，我猜想，大概是满腔的怨恨，逞一时之快吧。这个女人，也许她在不经意之间，把辈分当作报复的一种手段，甚至带着一种扬扬得意的情绪在里头。

我们从生活中这些浅显的事例中可以略微感知辈分在女人的婚姻中显得那么不重要，重要的应该只是身份，女人嫁官即官太太，嫁贼即贼婆子，嫁个化缘的即为讨饭婆。这个以男人为半径的社会，注定了女人是没有辈分的。往前往后，女人的辈分全在缘分与命运的掌控之间。我们可以把握自己的缘分，却无法去推敲别人的命运，不小心之间，七大姑八大姨三表姐，她们的辈分就忽高忽低了。在辈分之间，我们到底该与谁去争高低呢？所以，提请江湖人士注意，千万别跟女人论辈分！

# 贼心不死

美貌自古以来就是一张绿色的通行证。

如果把美貌与智慧放在男人的天平上称量，美貌一定会大获全胜。几乎所有男人都羡慕君临天下的气度，可以掌控一切资源。权倾朝野能满足权力的欲望，重要的是可以阅尽天下美色，尽享温柔繁华之乡。

为了美貌，女人们从节食减肥到在身上大动干戈，不惜一切地让自己的面容天使化，身材魔鬼化，甚至不惜损害了健康去追求美丽。如此狠心，如此费心，只为那悦己者的目光不离左右。追求美貌让女人中毒至深，这是男性世界的一种需求，以致让女人们追求过度。

无数美貌变成了资本，无数美貌披靡世界，无数美貌可抵十万大军。所有女人们对美丽趋之若鹜去追求，哪怕是天生丽质出水芙蓉了，还想着没有最好只有更好的境界。君不见风吹树倒的骨感美女在嚷嚷着减肥，君不见丰胸肥臀的辣妹也还争着要美胸美体。

男人们觊觎着美貌的女子，贼心蠢动暗涌，恨不得天下美色都种在自己的后花园里。女人为了适应这样的需求，就千方百计地美化着自身，恨不得变成天使，飞到心仪之人的肩膀上，化成比翼鸟、连理枝。

这人间的情爱总是这样主流，永远不会退潮，从青春期膨胀到老年期。请你一定相信当有人说自己老了的时候，多半也是人老心不老罢了，对美貌始终保持贼心不死的态度。夕阳红的老人们一旦恋爱起来的时候，劲头定不会输给年轻人。所以才会说老年人谈恋爱就像老房子失火，大有愈演愈烈之势。

古希腊人是热爱美的典范，虽然说起它的传说，有些神性的色彩。当时有一个名叫希里尼的名妓，因被控告亵渎神明的罪行，法庭的审判眼看对她十分不利。她的辩护人在关键时刻，当庭揭去了她的衣裳，她美丽的双乳，让在堂的法官瞠目结舌，最后做出了无罪的判决。这在人性主宰的世界多少是不能接受或是荒谬的，却揭露了一种美貌的无敌。同时让我想起勇猛善战的斯巴达王，面前出浴的海伦，又是她美丽的双乳，让眼前这个强大男人手里的利剑落在地下。这些例子让你不得不相信，唯有美貌才是这世界的卫冕之王。

美貌不仅让男人贼心不死，更让女人贼心不死。饱暖以后的人们都成了追求美貌的战神，热闹非凡，永不停歇。

# 女人心

如果这世界上有一个男人说他了解某个女人，除了说明他的无知无畏，并不能证明他是个智慧聪明的人。女人的心如掉进井底的月亮，分明月亮就在井底，当你一伸手，它碎了，你就乱了。

少女的心似六月的雨，瞬间就有不可捉摸的晴。她哭了，与一个人的爱有关；她笑了，与一个人的情有关。感性的爱恨始终伴随着一个少女的成长。悸动、伤害、不安、幸福、等待、徘徊，它们组成了少女之心的半径。直到有一天，她充满期待地进入爱的坟墓，让爱情与自己一起长眠。

少妇的心如盛开怒放的玫瑰，当爱情有了一个自认为完美的依托之后，经营的苦心与甜美在柴米油盐里慢慢荡漾。起起伏伏的涟漪一圈圈散开，又一圈圈消失，只要还有爱，家的日子就充满了阳光的味道。如果某天，天使降临人间，生活将会饱满得如同女人的乳房。

可以经历欺骗、背叛、谎言，能承受苦难、悲伤、眼泪，女人的心在经过生活的历练捶打之后变得异常强大。所有母性的光辉日渐彰显，她被一种来自孩子的全心需要激励，为来自家庭多种角色的转换而努力付出。

中年的女人有一颗棉花一样柔软的心，失去了青春的颜色，收获了秋天的美好。她不再抱怨，不再哭泣，坦然地面对生活的给予，并学会了怎样回报生活。平淡的日子如同一杯白开水，但她深刻地知道她能往这只杯子里加上茶叶、柠檬、玫瑰……于是，生活就有了不同的味道。她可以在书香墨香茶香里，让香伴流年。她可以挂画插花听琴，煮茶论道焚香诵经，让每一天的日子精致有趣。

当爱情被亲情妥善地安置后，爱情的美好成了一件华美的旗袍，被收藏在箱底。女人总爱在回忆里想象一场爱情的开端，她的生命里也许会存在着一个人，这个人的身上具备她需要的一切品质。她不用委屈自己，不再降低标准，让臆想深处开出隐秘的花朵，她就在瞬间鲜活了。

老年以后的女人必定有一颗慈祥安宁的心灵，她可以不风华绝代，但一定是风度翩翩。当心灵之美被岁月雕刻在脸上以后，美就成了一种强大的气场。那是一颗历经世事的丰盈饱满的心灵，不悲不喜、不急不躁，她将在悠闲淡然中从容而优雅地老去。

终其一生里，女人都想要找一个知己似的爱人，事实上她又永远都不会被一个人彻底地透析。若她说不要，你万不能以为她真不要了。你若是以为她要，那你又彻底地错了。你简单时，她想复杂了，你想复杂时，她简单地笑了。说她愚蠢时，她的聪明让你汗颜。说她聪明时，她的愚蠢又让你束手无策。

如果你爱上某个女人，就花一生的时间来陪伴她吧。你一用心，她就给你每天不一样的自己。

# 街边的风景

自古就有“人靠衣装，佛靠金装”之说，在这人神共信的理念里，人们在饱暖之后活泛起来的头脑中，除了美食，就是美衣。

女人作为街边的第一道风景线，她们对衣物的追求一直空前的热闹。最极致的一种表述是男人的女人永远少一个，女人的衣服永远差一件。

女人们总幻想着相遇一段美好的爱情，然后在夕阳中一起慢慢变老。在没有遇到这个白马王子之前，每个女人都以一种准备的姿态期待着。因为谁也不知道她的王子将在什么时候出现，所以她必须每天都把自己打扮得漂漂亮亮。好在某天某人出现时，有一次惊鸿的遇见。

都说世界上没有丑女人，只有懒女人。爱美的女人在每天出门前都会感叹自己不知道该穿哪一件出门，把衣柜里的衣服鼓捣一遍，还是没能找到中意的。于是，逛街就成了每个女人的至爱。商店橱窗里那些漂亮的东西，总有一款是适合你的。

一袭美衣，不是风情也是风景。她们不厌其烦地试穿着，在镜子面前换了一个又一个美人。但凡进了女人街，她们就很少有空手而归的时候，大包小包的东西拎回家里。有的东西，新鲜过一次，再也没有第二次上身的念头。但这并不影响她们疯狂采购衣物的欲望，因为柜子里永远还少一件，自己最钟情的那一件。

事实上，女人们很少有持久地对某件衣服钟情的时候，这颇似男人对女人的热情时间。一不小心，就成了过去时。因为太害怕这个时间的短暂，女人就只好变着花样地翻新自己。遗憾的是，大多时候，女人只有在作为邻人之妻时，她才是美而贤的。

男人们总说女人通过征服男人而征服世界，打下一片属于自己的天空，他们靠的是真刀真枪的硬实力。而女人最通常也是最无敌的武器，美丽永远高居第一。外在的美，除了妆容的得体，就是衣饰的出彩了。

有人会质疑说心灵之美的重要，这当然非常重要，但是美丽的外表像是开启幸福大门的第一把钥匙。在没有更多时间沟通了解之前，你的平常将是你被忽视的重要理由。

见过一年三百六十五天都换不同装束且不重复的女人，当她每天赏心悦目地从你跟前经过时，不仅会让男人眼前一亮，而且会让女人心中一动。这样的女人，她会是精致与品位的代名词。其实，女人钟情的只是自己对美的一种向往。这里面，有爱情的时候是爱的主打歌，没有爱情的时候，是生活的主题曲。

# 女人的首饰

有一个关于钻石的经典广告："钻石恒久远，一颗永流传。"这一句话缔造了一个钻石的神话，改变了这个古老的民族以黄金白银翡翠作为首饰的传统。无论是正在牵手奔向幸福的年轻女人，还是左手牵着右手奔忙的中年女人，她们的内心都有一颗钻石的梦想，那是她们关于爱情永恒的一种物质诠释，或是心灵慰藉。

女人关于首饰的钟爱不知缘自何年，但从一些日常的用语里可以感知一二。珠光宝气的大家闺秀，她正襟危坐地端坐在那里，浑身上下折射出一种强大的气场，那里面有财富、权力、幸福、高端的意味。环佩叮当的小家碧玉，她轻启莲步，袅袅娜娜地嫣然一笑，婉约轻灵地向你走来，如山间清泉，似田野小溪，举手投足都是天然浑成的美好。

这些美丽的饰品，佩戴在美人的身上，如大珠小珠落玉盘，落在爱美之人的心坎上。从宫廷到闹市，久远地流传下来。从耳朵到脖子，从手腕到脚踝，甚至肚脐上，或是夸张的，或是内敛的，让女人们风姿绰约，仪态万千。

千山之树有千种美，万水之波有万种情。佩戴上不同首饰的女人，在万物之间就有了一种别样的灵动之美。每一种搭配的风格，都让人耳目一新。首饰，让美有了更好的诠释。

一个美少女，即使她全身上下挂满了廉价的首饰，搭配对路了，也是一种盛开和自信的青春之美。而一个资深的美女，即使没有钻石翡翠，也必须得有一样真金白银的饰品，以让自己出席隆重的场合时不至于太过寒碜。

要知道上了些年龄的女人，若是不肯好好打理自己，只会给人透露一种生活潦草不幸的信息。对于一向比男人爱慕虚荣的女人来说，被人同情是一种对于自尊的盘剥。那么，有一件像样的首饰，就成了女人心中的一种梦想。女人佩戴上它，就像佩戴着一种幸福。

当然，首饰多了，并不意味着女人的幸福就多了。一个满脸俗相的女人佩戴着满身的黄金饰品，尤其脖子上那一根粗粗的项链，只会显得低俗。也就是说只有好鞍配上好马，才算是骏马。女人也只有佩戴适合自己的首饰，才能彰显自己与众不同的美。

6

第六辑

# 小市井

# 富人的生活

我有一个破旧的小本子，上面密密麻麻地记录着我与这世界的收支往来。姓名、日期、金额、借贷关系，一一在案。从1999年至今，从未间断过。早些年，几乎都是借入的款项，近几年，又是借出的款项居多。之所以保持这样的清晰记录，大概缘于我曾是一名会计师的职业习惯。

这许多年来，我大多处于囊中羞涩的境地。从资助弟妹们读书开始，到蜗居的按揭，再到如今一有万元的银行存款余额即被借走的日子。有时，我甚至会因为自己没有钱借出扫了别人的兴而懊恼，嫌弃自己是个没用的人。这种感觉有点类似小偷进了一间白屋，主人因没什么东西可让别人偷去而有些羞愧。为了消除对自己的嫌弃，所以我愿意活得很努力，夫妻之间偶尔会互相调侃一下对方说:“你若再不努力，就配不上我了！”一种共同成长的愿望始终支配着我们向前进。

但是，再艰苦的日子，我也一直觉得自己是一个富足的人。我曾写过这样一首小诗，标题叫《富人的生活》：连续一周的雨/每天都有人来找/不是借钱/就是担保贷款/还有，读书、看病、托人/一直到周日的晚八点/雨尚未停下，电话急响/耳聋的侄儿打

工被骗 / 没了回家的路费 / 还好，我的亲戚们都没有为难我 / 他们从未开出过天大的数字 / 让我囊中羞涩 / 所以，我一直像个富人那样活着。

因为感激那些年在我穷困的时候，别人对我的不吝帮助，所以我从来不敢怠慢别人对我的请求，但凡有一点余力，心必所致。在别人言说信用危机，借贷不良时，我几乎没有遇到过被人拒绝的情况。倒是有一次，因急用现金，与朋友说好相借时，他把款项准备好，结果连同手机也一并忘记在车上。我因找不到他，从另外的朋友处应了急，最后被他相骂很久，说我不讲信用。

我很感激朋友们对我的信任和大方，并常常与人分享一句话："所谓舍得，有舍，才会有得。这世界从来没有无缘无故的爱恨，世界遵循物理学的定律，你怎么对它，它就会怎么对你。"

只是我也有手足无措的时候，比如，曾有朋友手术前交给我的信封里掉出的遗嘱书，曾有同事病重时要托付女儿的事，更有高龄的外公在病床上要把他那三个年幼丧母的孙子交给我时。这些沉重的托付，我又哪里经受得起呀，可我又怎么敢拒绝呢？我每一时刻都不敢怠慢生活，我害怕我的疏忽会辜负了别人的信任。好在许多有惊无险的事都慢慢过去了，所谓吉人自有天相。我们都认真地活着，然后认真地老去。

在清风袭来时，在水波兴起时，我常常会沐浴着阳光深深呼吸，为自己的富足生活而涌起小小的得意。

此生，不为稻粱折腰，不为权势低头，与书做伴，有墨香侵染，得良师益友相助，性融良善，身正心宽，哪里都是春暖花开时。富人的生活，也莫过于此吧。

# 憨二叔

憨二叔常常穿着一件粉红色的风衣，风衣是村里的人在公路上捡到的，因无法找到失主，它就到了憨二叔的身上。在我的记忆中憨二叔从来没有穿过一件新衣，他总是把双手紧紧地抱在胸前，粗衣寒衫地迎来四季。看着憨二叔女里女气的装束，又看看他那顶破破烂烂的帽子，一切都显得那么滑稽可笑。

憨二叔到底叫什么名字？我在大脑里狠狠地搜索了几个夜晚，始终没有一点记忆。他在家中排行老二，从生下来就是天生智力障碍，比他辈分大或是年龄大的人都叫他憨老二。我们小一辈的人叫他憨二叔或是老憨二叔。不论你叫他什么，他都脆生生地答应，然后热情地以他仅限的智力问这问那，常常高兴得像个孩子似的。

他是村庄里的义务工人，谁家有了粗活重活，最先想到的必然是他，精细的活路他不能上手，但粗重的活路他样样能胜任。谁家请他，他都会很高兴，恨不得把一身的力气都用尽，才能感恩别人对他存在的认可。他从来不计较人家吃的是粗茶淡饭，还是满汉全席，端起碗来吃饱就行。

有一次，主人家高兴给他喝了点酒，没想到他喝了一碗还要一碗，以为他是个海量的人，结果憨二叔喝醉了，直挺挺地倒在地上，几个大汉都拿他没办法。自从他品过酒以后，憨二叔对饮酒这件事情忽然就不憨了。谁家要请他做活计，他必然要喝上几口，他边喝边说：“喝点，喝点解解乏！”

邻村有个疯子，天天准时出现在村庄外面的公路上，上一趟下一趟地行走着，像是上班一样，准点准时。他一来，憨二叔总是显得很兴奋，他指着那个衣衫褴褛的人憨憨地大笑，说：“老疯子来了，老疯子来了！”我不知道在对面那个疯子的眼里，在看到憨二叔的那一刻时，会不会也在心里说：“老憨包，老憨包！”

憨二叔到了而立之年，父母想给他张罗一门婚事，到处托人询问哪个村庄里有憨的、傻的、聋的、瞎的、疯的女人。只要是个女人，她就能配得上憨二叔。终于，在很远的村庄里找到一个疯女人。她的父母像是丢包袱 样，顺势把她抛给了憨二叔。

有了媳妇的憨二叔神气了些日子，他们常常像玩过家家一样，在村庄里闹出许多笑话，但终归这也是一种生活。嘲笑也好，同情也罢，没有人可以代替憨二叔去过他的日子。可是好景不长，这个疯女人突然患病死了。憨二叔的表情里没有悲伤，也没有痛苦，他像往常帮人家办丧事那样，跟着众人把这个疯女人送到山上埋葬了。

往后的清明节里，憨二叔会提着他娘给他准备的祭品朝那座山上走去，我不知道憨二叔会用什么样的礼仪来祭奠这个给他做过妻子的疯女人。他总是欢欢喜喜地去，一会儿又见他欢欢喜喜地回来了。

憨二叔的父母对于给他娶亲的初衷是这样的，他们希望他有一个后代，在以后没有父母照顾的日子，还能有一儿半女照顾他。这打算随着疯女人的去世落空了，但他的父母依然没有死心。他们又为他找来一个疯女人，可这个疯女人疯得太离谱了，常常在村庄里闹得鸡犬不宁。家人终于忍无可忍了，只好把她送走。

憨二叔又孤单地过起了他的日子。事实上，孤单与不孤单，对他来说又算得了什么呢？只要三餐还有保障，他就依然可以做一个快乐的傻子。

忽然有一天，传来憨二叔死了的消息。他的癫痫病发作，口吐白沫，牙关紧闭，整个身子直挺挺地倒在地上，恨不得要使出一生的力气来与大地抗衡。他年迈的老母亲一边哭着，一边大喊救命，可午时的村庄里，人们都在地里忙碌着，没有一个人听到她的呼喊。她只能用一块毛巾一遍又一遍地擦去他嘴边的白沫子，眼巴巴地看着自己的儿子死去。

憨二叔真的走了，他没有留下过一张照片，甚至他叫什么？享年几岁？这些对我来说都成了一阵风。它无时无刻地吹在我生长过的村庄上、巷子里、竹林中、柿花树下、小水沟畔，哪里都站着穿着粉红色风衣的憨二叔，他正傻傻地看着我笑。

# 燕子飞来

屋檐下，来了一双燕子，那时，我才几岁光景。与我一般大小的小伙伴有好几个，我们都对新来的客人充满了好奇，从它们衔泥筑巢开始，就蹑手蹑脚地守候在屋檐下，眼睛滴溜溜地盯着梁上的燕子。

起初，这对燕子对我们是有所警惕的，慢慢地，它们来去自如地穿梭于堂前，我们也不再一副不敢高声语的样子。甚至，我和小伙伴们去河里捧回河泥，用手搓成小泥丸放在窗前。我们希望可以帮上它们的忙，无奈常常被视而不见。

它们的新居落成的时候，就是它们在这里当主人的开始。每天看着它们飞出飞进的样子，生活就突然增添了许多欢喜。不久，我们听到了巢里异样的叫声。小燕子！正在吃饭的全家人一齐发出惊呼。仿佛是一个喜庆的日子，一整天家人和邻居们都在议论着燕子家的事。

有一次，一只幼小的燕子从巢里掉了出来，叫个不停，弟弟慌忙出去，小心地捧起毛茸茸的小家伙，站在凳子上轻轻地把它放了回去。邻居们让他悄悄地数数有几只小燕子，他用手轻轻地伸进去，小心地试探着，然后伸出四个手指。

每每唱到《小燕子，穿花衣》这支歌曲时，心里总会有十分的喜悦，眼里心里的画面全是屋檐下那几只可爱的小燕子。读到“旧时王谢堂前燕，飞入寻常百姓家”这样的句子时，也难免会幻想翩然，莫名地激动。只因我家屋檐下，有窝小燕子。

有一年春天，燕子们再也没回来，院子里的人们郁闷了很久。看见鸟雀飞过的身影，总要伸出头来看看，希望是它们飞回来了。遗憾的是，自那个春天以后，它们再也没来过。直到它们的巢慢慢地陈旧，脱落，一切成了平常。

我们也像那窝燕子一样，一个个地从那个院子飞走了。很少有人再去提及那窝可爱的小燕子。直到前年春天时，屋檐下又见到燕子刚垒好的新窝。我高兴地打电话给弟妹们，说起童年往事时，我们都成了一只只快乐的小燕子。

母亲打来电话时，也总不免要说起那几只燕子。母亲有些嫌弃它们不讲卫生，整个屋檐下的院子里都是它们的粪便。忽然有一天，母亲高兴地对我说，她趁着燕子们回巢歇息时，用一根木棍指着它们的巢，用严厉的语气说，若是再不肯讲些卫生，她就要捣毁它们的巢。奇怪的事情发生了，从第二天开始，所有的燕子只在固定的地方拉屎。

起初，我是有些将信将疑的，一再求证母亲。直到我回去看到的景象，真如母亲所言。它们选择了巢下面的那片小小的地方，作为它们的卫生区域。母亲打扫卫生就比从前方便多了，她也越发地喜爱家里这窝小精灵。每到一个地方，燕子就会成为母亲最兴奋的谈资，仿佛它们是她多年前养大的孩子，她老了，知道回来与她做伴。

在母亲那里，我第一次知道燕子是听得懂人类的语言的。从它们自飞入寻常百姓家开始，它们就习惯了在人屋檐下生活，久而久之，它们大概也真能懂一些语言吧。我一直在猜想，这窝燕子与多年前的燕子，它们会是同一支系吗？它们出去的时间久了，会不会也要飞回老家来看看旧时的亲友？

遗憾的是从去年冬天开始，有一窝麻雀捡了现成的便宜，它们迅速地成为巢的主人。有了这个安乐窝以后，它们愉快地度过了整个冬天。我以为到了春天，它们就要搬走了，那本来就是别人的领地。

今年春天，来了三只小燕子，它们蹲在屋前的电线上，从傍晚蹲到第二天清晨。我看看那些麻雀，它们正欢乐地叽叽喳喳，丝毫没有意识到真正的主人来了。我的心里一阵辛酸，自然界与人何尝不是一样的啊。有人鸠占鹊巢，就会有人流离失所。又过了几天，那三只燕子又飞来了，它们依旧停在电线上，也许是留恋，也许是告别。第二天清晨，它们飞走了。此后，再也没有来过。我的心无限地惆怅起来了。

# 习惯了不用爱你

桌上的菜上齐了，酒也摆好了，他呆呆地看着妻子忙出忙进的身影。往常，他早在享受着丰盛的晚餐了，妻惊奇地问，你怎么还不吃呢？他说，你还没给我筷子呢。妻轻笑着递过筷子，然后又忙着去张罗牲口们的粮食。

妻子知道但凡上了餐桌，他必定就是家里的“老爷”，而他每每享受这样的待遇时，也从不会有些额外的客气或是礼貌。妻子习惯了这样的方式，每次在倒酒盛饭后，必定赶紧递上筷子，让他先吃。若是忘记了递上筷子，他一定一直端坐着，哪怕筷子就在他举手可得的地方，他也从不愿伸手。

有一次，他正在享用着他杯子里的小酒，妻胡乱地扒了几口饭，说要去街上赶集，三十里的山路，再晚了就没车了。妻匆匆地交代了一句话，吃完，你顺便把你的碗洗了吧。

晚上，妻一进家门就看见了桌上的杯盘，一个等饭吃的丈夫正在吸着水烟筒，眼皮也不抬地说，你总算回来了，我饿得前胸贴在后背上了。一向温柔体贴的妻子一下子没了好气，她说，如果我死了，你喝西北风去呀，让你洗个碗你都不会。他惊奇地抬起头来，一副无辜的样子，说，我洗了呀。

妻说，你洗了吗？在哪里呀？他指着柜子上那个碗说，你看，在那里呢。妻看着那只孤独的碗，哭也不是，笑也不是。妻说，说让你洗了你的碗，你就真只洗了你吃饭的那只碗呀。他说，是啊，你不是让我这么做的吗？你又没说让我全部洗了呀。

妻说，与你这样的榆木疙瘩过日子，我认了吧，但愿老天爷会保佑你，别让我死在你的前头，我怕我一死你就得饿死。

一阵水烟筒的咕噜声传来，算是他对妻的应答。

他说不来什么温存的话语，也做不来什么能让妻子一下就高兴的事，只好闷着头吸着那根长长的竹筒，烟经过他的嘴巴、鼻孔、两指之间，燃烧成一种叫作生活的东西。

他们相守在一起，早起日出，晚伴月亮，不知过了多少个春秋，孩子们一个个另立了梧桐树，他们依旧住在漏雨的老屋中，男的做些木活篾活，女的勤俭持家，他们早已习惯了长久以来形成的生活方式。

突然某天，妻说胸部疼痛，还来不及去医院，他眼睁睁地看着她死去，还不到六十岁呀！他痛哭失声，他说老天爷呀，你睁开眼，别惩罚我们呀，她只是讲错了一句话，你怎么就当真了呢？

送妻上了山，他大病了一场，儿媳、女儿悉心地照顾着，他躺在床上，觉得这衣来衣不贴身，饭来饭不爽口。

病好以后，他吃起了轮饭，一个月在三个儿子家轮流吃饭，一家十天。吃饭时，他依然保持着以前的习惯，只要筷子没到他手里，他可以一直看着别人吃饭。

三个儿媳在一起的时候，总把这个当成笑话来讲，某天，不小心就被他听到了，他长叹了一声，老天是要作贱我了呀。

从此，他谁家也不愿意去了，另起炉灶，自己学着做饭吃，稀饭干饭，面条土豆，不管什么，胡乱地填饱肚子。但他不管吃什么，总是要摆上两只碗，亲手递上筷子，自言自语地说，吃饭吧。

有一次，小儿媳路过门口，听见他说，老伴呀，我的好日子过到尽头了，你这一撒手，我样样得从头来呀。你在时，我不问衣食，觉得那是理所当然的享受。你走了才发现，我亏待你太多了。来，喝口酒吧，你生前，我一口也没让你喝过呢。

# 偷着玩儿

路过一片甘蔗林，正值月黑风高。第一次见到这劳什子，竟是稀奇万分，原来那一根根一捆捆地沿街削卖的东西竟是长成这种样子呀！心中突然萌生了一种“偷”的念头，意外的是有这样念头的人竟不止我一个。

在众人的怂恿中停下车来，派出两个身手矫健的小伙子，一溜烟儿地跑进地里，只听见扑倒的声音，未听到谁得手的消息，原来是甘蔗难以折断，只好连泥土一并拔起。见前后有车来时，心扑通扑通地跳个不停，始终是没有什么前科的人在“作案”，显得太没有经验。弄起几根，赶紧逃离现场，一车的欢乐声，每个人手里折一节拿着啃，那硬硬的甘蔗似乎也比往常更甜了。

吃罢甘蔗，几个人争先恐后地讲起小时候偷别人家果子的事情，居然每一个人都免不了受到同样的诱惑。好在小时候解馋而生出的小邪念小动作，并没有影响我们正常的成长规律。相反，倒是为我们童年的生活增添了许多乐趣，如今讲来，仍然兴致勃勃。

网络里盛行的开心农场之所以经久不衰，想必是因为许多人在虚拟的游戏里得到了许多“偷”的快乐。孔乙己早就说过“窃书不算偷”，乡间邻里也流行着“抬头的果子弯腰的萝卜，哪个吃不是吃呀”的俚语，这些可爱的言行为“偷”找到了强词夺理而又光明正大的说法，铮铮然地为自己的非常之道找到了一种歪理。

细细想来，“偷”这个词汇其实一直伴我们左右，举手之间，你就成了“小偷儿”。当这种行为只构成侵害别人细微利益时，就显得可爱，当然与君子之言行相比，无论何种“偷”的行径都是罪恶其显、造孽万分的。可这世道几乎都是盗版的君子，当然，如果满世界都是正版正牌的君子，想必人间之事就只剩下刻板与怪异了。

想起一可爱女友曾在一段时期里常偷老公钱袋的事，每每得手总是兴高采烈地向我炫耀，一副无邪可爱的样子。后因下手太重，居然一次拿了好几张大票被老公亲自抓住，她还有理地为自己辩护说，都是怪老公把自己的媳妇逼成小偷呢，煞是可爱！

另一女友总是贪婪成性，奇怪的是大家从来没觉得她身上的这种性格是让人厌恶的。她每来我家，总喜欢折腾我梳妆台上衣柜里的东西，有喜欢的悄悄拿走就是，她从不允许说是“偷”，而且绝对强调那不是“偷”，只是“顺”，实在无法顺走的，就无限地赞美某样东西，然后拿在她身上比画，最终的结果是都到她手里。

从小我就记得祖母的箴言教诲，她说“从小偷针，到大偷心”，教育我一定要通过诚实和合法劳动得到自己想要的东西。在祖母的眼里，一枚针也是不允许要别人的，长大后更不能去偷别人的心。其实，在这寻寻觅觅的一路上，有多少颗心没有被人偷走过，又有多少人没有偷过别人的心呢？有时，你甚至是无意的，无知的。

从一本书、一个果子到一枚针、一颗心，到底是谁成了小偷，偷走了一生的光阴？其实都是偷着玩儿，偷的一生，带来无数惊喜，带来无限欢乐。犹如此刻，我要偷偷地祝福岁月静好，我要偷偷地想着某人某事乐一回。

# 谁是犹大

在这幅举世闻名的《最后的晚餐》的画上，耶稣的脸上圣洁、美丽、谦卑、柔和，那是一张没有被任何罪恶侵蚀缠绕过的干净的面孔。他的门徒们恭敬地围着他，唯有一个人的脸上写着麻木、虚伪、欺骗、贪欲。他就是为了三十两银子卖主的犹大，后来他成了东西方世界里共同的叛徒的代名词。

长久以来，人们对于叛徒的态度是厌恶、唾弃和不耻。品行不端的人，往往被人孤立和抗议。然而，人性的复杂，往往让人难以分辨良莠。常常在一个事物的两面上，会做出截然相反的判断。人们选择的标准往往不是利他，而更多的是利己。在利益的驱使下，满腹的罪恶不再需要释放，在成功的面前，成仁是傻子的行为。所谓君子美德，就常常失去了适合生长的土壤。

当我认真地思索这幅画的内涵的时候，恰适有人以一种犹大的方式，给我的生活带来一丝丝小冲击。它虽不能影响我的未来，我的前程，我的生活，但它像一只绿头的苍蝇那样，在我的面前嗡嗡萦绕了些日子，着实让人有些心烦意乱。但当我明白了达·芬奇在画这幅画时，关于选择那个叫犹大的模特的一些故事后，我的心不再粗粝躁动，甚至忽然同情起这个被我在心底叫作犹大的人。

且来看看达·芬奇这幅画后面隐藏的故事。他这幅画花了七年的时间，画上的每一个人都选自真实的模特。他最初选定了画耶稣这个人，七年后，只有犹大这个人物还没有人选。达·芬奇寻遍了整个意大利，也找不到那样一个人。最后在监狱里找到了一个将要执行死刑的杀人犯，他花了六个月的时间终于完成了这幅画。在将要遣送罪犯回监狱时，那个罪犯对达芬奇说："你真不认识我吗？我就那个七年前坐在这个位置上的耶稣啊！"

一个人堕落的时间，仅仅需要七年。人的一生，会有多少个七年等着我们去践踏呢？也许我们常常会遇见这样的事，究竟谁是犹大一直是个困扰心中的谜。当我窥探了这幅画背后的故事，便不再纠结于谁是犹大的事。或者说谁是犹大已然跟我没有了任何关系，即使后来传出许多谁是犹大的版本，我也淡然地把这些当成一种假说的虚假权术，它们不足以影响我对自己的选择负责的态度。

正确的选择，往往决定正确的人生。一个人究竟带着怎样的意志和想法生活，许多年以后会成就一个人的品格。扬善弃恶，是一种品格所需要的过滤器。也就是说，一个人有没有能力坚持自己选择的一种做人标准和尺度。自己的人生是自己的选择，任何人都不能改变一颗强大的心灵下面所包含的一腔凛然正气。

明白了这些，心中如遇洞天，豁然开朗。哪怕这个叫犹大的人，此刻正坐在我的对面，我也可以笑语嫣然，自如从前。我宽恕他一时的鲁莽，我原谅他丝丝缕缕的苦衷。即使这个人是我朝夕相处，视若珍宝的兄弟，如果他出卖我，可以得到三十两银子，那必定这三十两银子可以对他的生活产生不小的影响。我没有理由要求在利己主义占主流的世道下，他能选择利于我的话语权。正身，一直只能是自己的事情。

谁是犹大，已然不重要。重要的是我在知道谁是犹大之后，我心中居然可以涌起别样怜悯和宽恕，心中再无恚心，再无嗔怨。此生虽未修得菩提心，但得无忧无悔意。我明白，这会是我的一种选择。这种选择长久坚持下去，待有一天我老了，有人从我对面走来，除了慈眉善目的表相以外，必然会有一个柔软安详的气场。它时时环绕着我，环绕着我想要庇护的亲人朋友们。

# 强装的强壮

自从世界上诞生了一个强装伟大的男人——伟哥，许多羞于启齿的事情都不再是难言之隐，比如“壮阳”这样的词汇就从幕后大方地走向前台，后面跟着虫草、玛卡、锁阳、虎骨、熊胆们，它们热烈地鼓掌欢呼着。

这些名贵的药材或烹或煮，或煲汤或泡酒，一时成了时代的贵人，处处争相效仿。就连路边的礼品回收店里，名烟名酒的名目旁，也多出了壮阳药材。

饱暖之后的欲望，无非与酒色香烟缠绵。当名烟名酒成了明日黄花，名贵药材这种新宠就备受瞩目。昂贵的价格，让普通人不敢问津。至于效果的好坏，也就成了一个故事，一个由这个人说给那个人听的故事。传的人多了，故事就越发地神奇起来。

某饭局上，某君大言玛卡泡酒的奇妙作用，听得成年男女们耳红心热。恨不能立即就以身试法，忽问此君，你吃过否？他回答说，我还没吃过，正准备一试。旁边一美女毫不羞涩地大胆指着旁边的夫君说，他吃了多少，一点用处也没有呢。众人哗然大笑，笑得那美女顿时面红耳赤。

又听闻某君偶得一名贵虎骨，宝贝似的泡在酒里，据说有强烈功效，每有客人，上等的招待就是虎骨酒。各个都说威力无比，疗效神奇。一坛泡酒都吃淡了，还舍不得丢了那虎骨。有人出了一主意说，丢了可惜，不如煲汤喝了算了。某君一拍大腿，说了声妙。结果，挥刀下去，一声惊呼。哎呀，这虎骨怎么就一塑料做的！

这当也上得太莫名其妙了。这世上最奇妙的就是我们的心灵，好比某人对某药物的依赖，慢慢地演变成一种心理的依赖。一个常常怕鬼的人，总是会讲些他遇见鬼神的事。一个不惧怕鬼神的人，鬼神自然就远离其身。

人们对于美好的向往，总会被一些投其所好的消费品吸引，而这些消费品中，总是那么真假难辨。即使是真的，也不一定就有广告所说的那种神奇功效。很多时候，人们靠消费寻求安慰。如果心理真的强大，身体真的强壮，那些补品哪里有以假乱真的机会呢！

# 就这样活着

目光穿过门口的矮墙，我看见她正认真地划篾编着竹篱笆，旁边凌乱地堆着一些碎柴，离她不远处摆放着一个竹篮，有种随身起来就要去地里找猪菜的感觉。她的身后还是那间住了好几十年的屋子，长时间的烟熏火燎之后变成了一间黑屋，散发着腐朽和不安定的气息。然而，她的神态却是那样安然。

很多年了，她与她的房子构成了一个家的整体，就像那座房子的柱子一样，牢牢地支撑着这间小屋。她的儿孙们都从这里走出去，走回来。出生，死亡，嫁娶，悲悲喜喜地把一切呈现在她的小屋里，她的生活中。

听到我的笑声，她抬起头来，高兴地从屋子里搬出凳子让我坐。这个我称呼为奶奶辈的老人，整整85岁了，还耳聪目明，手脚麻利。许多不为我所知的故事，经过她没牙的嘴巴，一点一点地传递给我。她平静地说着，我不平静地听着，殊不知她慈眉善目的神态里原来隐藏着一段段不平常的岁月。

从前，我只知道她是地主家的小姐，识文字，知书香，懂礼仪。村庄里的人说起她的时候，最标准的说法是：她是识字人，我们是睁眼瞎。他们并不曾知道她十几岁就加入了地下党组织，18岁就当了基层行政村长。当说起那些年争夺胜利果实的时候，她的神情里还闪烁着革命的光芒。

在我的印象中，有着这样经历的一个老人，本应该是领着国家离休工资，享受着特殊待遇的群体呀！而她却守着自己的贫困，安然地一天天活着，一天天老去。我问她为何不去找组织的时候，她说她想过，但因为能证明自己身份的那些证件已经被老鼠嚼成一包纸了，而当时她的哥哥有了工作，作为一个阶级成分高的人家，被“文化大革命”整怕了，生怕自己的一点点差错就会毁了哥哥的前程，所以她宁愿选择沉默。

说起这些往事的时候，她像是在讲述一场别人的故事，既无埋怨，也无不满。我抬起头看着矮墙的外面，有拉着牛经过的，有赶着羊走过的，他们也如我们这样，每天都上着自己的班，讨着自己的生活，然而，未必我们的心境一定比他们踏实幸福。

在每个人的活法里，谁也不能证明自己的生活一定比别人更有意义。这个我称呼为奶奶的老人，她把自己的苦难过成了一笔笔流水账，把手里能握着的幸福都编成了竹篱笆。当篱笆上长满牵牛花的时候，她一听到门前小黄的叫声，就知道是她的拖着长辫子的孙女回来了。多普通的念头呀，却化成一种叫作幸福的东西，从这位饱经风霜的老人的眼里流出。

其实，许多人也都如她这样活着，甚至不如她这样活着，而她是看懂了那一季季的庄稼枯荣的人，所以，她才感恩地说老天每多赏赐她活一年，就能多看世道一眼。

也许人的一生，就只在一哭一笑之间。中间的长度，往高了说它是价值，往低处说它就只是活着。换了时间，换了地点，每一个人都在自己的平凡经历中慢慢老去。只是有些人受上天的垂爱多些，而有的人却受到的冷落多些。但对待生活的态度应该如老人所言，不问苦，不问累，伸出十个指头，就能窥知每个人长短不一的人生。明白了这些，到底还要抱怨些什么呢？就这样活着吧，心安身安地活着，平常的人长些平常的智慧，不平常的人长些不平常的智慧，没什么不好！

# 街道拐角处的幸福

许多许多年了，我从这条街经过，在街道拐角的地方，总能看见一对不平常的夫妻。男的驼背，女的身材矮小，他们有时在忙碌着，有时坐在破旧的小凳子上，共同看着一部手机，“嗤嗤”地笑。旁若无人的幸福洋溢在烟火色的脸上，干净而纯粹。

我每次从这里经过，最愿意注目停顿，常常觉得多少华服名裳之下的精致美好，也抵不过他们粗衣陋衫不停劳作的美丽。在我走神之间，耳畔突然传来“嘭”的一声巨响，一股爆米花的香味迎面扑来。童年的许多味道顿时停在我的舌尖上，毫不犹豫地买下些，回到家里与孩子津津有味地分享起来。

无论刮风下雨，无论黄昏夜幕，他们就像这条街道上的两棵树一样，准时地站在那里，成为一种别样的风景。更多时候，我觉得他们的存在，是打开这个城市里居住的人的童年记忆的钥匙。行色匆匆的人们循着香味在这里驻足，也许他们都如我一样，爆米花的香味诱惑中，有童年深处某个冬天的影子。

那时，走村串户的“炸花匠”背着一口黑沙锅在村里一吆喝，馋涎欲滴的小伙伴们从屋檐下钻了出来。风箱拉得山响，火苗子跳成欢快的舞蹈，我们在“嘭”的一声里获取幸福的秘密。三角钱一袋的爆米花，家家户户都能消费，这廉价的美味伴我们度过了一个又一个冬天。有时，许久没有“炸花匠”光临村里了，我们就异常地想念那口黑黑的沙锅，它在红红的火焰上摇啊摇，滚啊滚，一张开口来，它就会喷出我们想念的滋味。想念的时间久了，就自己在火塘里炮制土法爆米花，吹了灰往嘴里一放，香味儿弥漫舌尖，但总是赶不上那口黑沙锅里炮制的香味。

这对夫妻在这里多少年我不记得了，他们是我记忆中一直就存在的风景。然而，当听说他们买二十万的房子付得起现金时，还是让小城的人震动了些日子。当这种传说经过风的嘴巴越吹越离谱时，我决定去做一次贸然的造访者。这个世道本末倒置的事情太多了，人们不去关心他们付出的汗水，但对汗水的回报却有着无与伦比的好奇。

他们从五角钱一袋的爆米花开始，一块、十块、一百块慢慢地积累，有多少玉米经过他们的手变成了爆米花已成历史的秘密。只有他们知道五毛钱流转的程序，要经过多少道手才能变成五块钱。二十万,一个天文数字。然而，就是这对身残志坚的夫妻用他们勤劳的双手积攒下来了。有了房子以后，他们的身心就与这个城市融合了。多么励志的生活呀，有多少啃老族，有多少游手好闲之徒，终日在虚度光阴。我有什么理由不去歌颂这些像阳光一样，照耀我生命的他们呢？

当我问及他们相识的经历时，男的女的都不好意思地笑了，笑容之间的甜蜜无处可躲。男的说是他走村串户当“炸花匠”时认识老伴的。几十公里的山坡上，一个勤奋的小伙子总会遇上另一个勤奋的姑娘的。像极了童话故事里的结局，从此，王子和公主幸福地生活在一起。然而不同的是，生活的真相是一种过程。但在这个过程中，他们都是生活的强者，齐心地把握了航向，他们在同命运抗争的过程中获得了幸福。

如今，他们的两个女儿，健康美丽，一个上高中，一个上初中。言极孩子，他们喜形于色，幸福在街道拐角处绽放如花。比起银行不能按揭他们的贷款，比起城管偶尔的光临问候，在他们的辛勤劳作中，样样都成了和风细雨。秩序就像风一样，吹过他们的脸庞，转身向树的方向。一切对他们来说，皆成为一种自然。他们按照自己的方式，活得尊严体面，活得令人艳羡。

摸摸自己健全的躯体，在一个天文数字面前，我们时时都是萎缩的。只有他们，做了这个时代的“愚公”，不仅实现了他们的理想，还给我们生活的这个世界提供了一种精神动力。看着他们忙碌而充实的生活，想想我们虚度的华年，在人生之路倦怠灰暗时，在生命之花经历寒冬时，我们还有理由放弃未来吗？

诚愿他们的幸福之花开得历久弥新，愿他们的生活就像他们手中的爆米花那样，温暖灿然，天天香气袭人。

7

第七辑

# 贴花黄

# 等你入画来

在日子的缝隙处，我总是习惯提着行李箱，踏上南来北往的列车，走出我生活的这片土地，去寻找心中诗意的栖息。大江南北，长城内外，处处都有心中难忘的美好，勾勒进眼里，镶嵌在心底，滋养着无数个平淡无奇的日子。却不曾想过，在我生活的地方，会有一个神秘的所在——普立，成为许多人口中念念不忘的美景。一拨人来了，又一拨人来了，留下些图文并茂的依据，引诱无数人心向往之。

那些风景中的风景，曾是我无数次心动的前奏。终于有一天，我来了！这个养在深闺无人知的美人，它带着原始而朴素的清绝之色缓缓向我走来。从此，滇东北版图上那一个叫普立的小镇因为一条神奇的河流——泥猪河而小荷才露尖尖角。

泥猪河的支流有一条沟叫官寨沟，一条长流的水顺沟而流汇入泥猪河，因地势的幽险形成各种形状的景观。或是飞奔直下，或是蜿蜒成溪，或是汇集成潭，飞花溅玉，步步有趣。官寨沟的路边生长着一种叫作糯米草的植物，开花时节，阵阵糯米的香味扑鼻而来，沁人心脾，让人由衷地热爱这人间烟火的成色。

官寨沟的上游岩壁上挂着两条落差近 500 米的瀑布，当地人亲切而人性化地把它们称作雌雄瀑布，据说是亚洲目前发现的落差最大的瀑布。顺着官寨沟往下走，曲折的小路上修竹丛生，疏影叠叠，各种不知名的植物迎面而来。其中有一种叫作酸汤叶的植物，翠绿的叶片往嘴里一咀嚼，一股纯正的酸味儿顿生舌尖，口齿生津之感让人全身舒坦。如果你嫌携带的水负重了，那就丢了吧，随手采两片叶子，口渴之时放进嘴里，喉咙生烟之急足可解之。

谷底是水流淙淙的声音，像是美人热情的召唤，一弯又一弯之后，还未见美人的面纱。这声色的诱惑总能让人忘却烦恼和乏累，恨不能飞奔直下，好沐浴在谷底的清泉怪石之中，享受大自然神奇的馈赠，与山水浑然一色。

好不容易走近了，无限风光尽收眼底。大珠小珠落玉盘的妙韵比不上官寨沟里清泉飞流的壮美；飞流直下三千尺的决绝比不上官寨沟里湍湍流水的缠绵。举目皆是清泉石上流，俯首就是琴声悠扬长。从艰险的地方走过，再从另一个更艰险的地方爬下来，这一场场惊心动魄的路过，足以遮断红尘里所有幽深的距离，让身心荡漾的山水之间忘却烦恼，不记隐忧，只知道这一刻，我成山水你成色。

一会儿从滑湿的青苔上路过，一会儿又是一座独木桥，一会儿浸润了足底的溪水，一会儿从绝壁上当一只四脚前行的猴子，在脚酸腿抖之间，摸索着上上下下。当气馁的时候，你发现自己倒退和前进都将遇到一样的艰险，就不如硬着头皮前进吧。听说，前面还有更美的风景。就这样，一次次地给自己加油，一次次地超越从前的自己。

不知蹚过了多少次水，不知翻过了多少座山，终于，眼前出现了一条滔滔不绝的大河，浩浩荡荡，绵延万里，河的两岸是绝壁千仞，巍然屹立。倘若你刚才还沉迷在深闺里小家碧玉的美人身畔，那么此刻呈现在你眼前的庄重大气之美，必然是某个名门的大家闺秀，气度非凡地横在你的眼前，有种拔地而起的爱慕之情，想要拜倒在她的石榴裙下。

绝壁上常年活动着几个部落的野猴子，它们上蹿下跳地在岩上、树上寻欢嬉闹，有时也来玉米地里偷粮食，偶尔还会发生争抢地盘的群猴大战。它们甚至喜欢穿花衣服的姑娘，人少之时，它们敢大胆地对着她们挤眉弄眼。

对一条河流的命名，始终是一群诗人的浪漫情怀。而泥猪河作为一条古老的河流，自这方山水有人居住之前它就存在了，至于它的名字，有人叫它尼珠河，有人叫它泥猪河，更有人叫它泥珠河。最终这条河流以它自己特殊的方式完成了对自己的命名。在河的中游，河水冲击成一只颇似“猪”的样子的沙渚，在滔滔的黄泥河水中，它就是一只活脱脱的泥猪。这种情绪与宣威人一辈子离不开“猪”的情愫暗合，显然，这条河流早就由自己完成了它本身的命名，它就叫泥猪河。至于那些关于河流的命名的传说，就让它们成为一种美丽的影子，成为河流的另一部分吧。

泥猪河岸边有一个小村庄，它叫泥猪河村，村民走出山外的通道如通天险，步步惊心。当看到年过半百的大嫂背上背着一百多斤的篮子往岩上健步攀爬时，当看五六岁的孩子如履平地时，你会惊叹于人类战胜自然的决心和勇气。村庄的建筑错落有致，鸡犬相闻之声不绝于耳，阡陌之上大哥大嫂们的笑颜和问候，让人仿佛置身于世外桃源，竟有无论魏晋之错觉。

村中有一株古老的大树，当地人叫它黄葛树，村中的百岁老人说，她还小的时候树就有这么大了，树的直径要七八个人手拉手才能围住。河的对面还有一株同样大的树，它们像是一对静默的夫妻，数千年来遥遥相望，脉脉相对，正是这个村庄世世代代的村民见证了它们永恒的爱情。

累了，饿了，随便钻进一道门里皆有水喝，皆闻饭香，人们热情地留你吃饭，留你住宿，还叮嘱你下次再来，要唱火红的山歌给你听，要钓河里的鲜鱼请你尝。飞奔向前的文明啊，是谁夺去了纯朴的甘甜，让人只有走到封闭的地方，才可以敞开心扉，不计钱和嫌。

喝着白粥，剥着洋芋，就着咸菜，有一种叫作幸福的东西正绵绵流过身体，像是眼前脉脉流淌千年的泥猪河水那样。小船弯弯地泊在柳树下，一如静好的岁月。就丢了那些喧嚣沉浮的日子吧，做一个守着日出日落盼着地里收成的农妇也蛮好的。

这一趟忘却身心的旅程，对我是一种挑战和超越。我踏进这方神奇的山水，我叫山，山应我，我唤水，水向我。从官寨沟到泥猪河的风景，我只是掀开了普立的一角裙纱。还有世界上最高的普立特大桥，在雾气缥缈之间它会引领你走进人间仙境；还有响彻云岭大地的“攀枝戛精神”，是人类战胜自然、改造自然的物证；还有涧水海梁子上的万亩草甸，带你领略高原上最美的蓝天、白云、草地、小溪。行走在普立的土地上，举目会有卧佛天边的禅意，俯身便有牧童醉人的山歌，处处都是惊艳的山水！

其实，我能提供的只能是一种镜头的慢写，就我所能感受到的美记录一种粗略的感受。普立的山水是一幅浑然天成的美丽画卷，言述不尽它的雄奇壮丽，语焉不详它的险幽静美。若是你在我的描述中有了些想去看个究竟的冲动，那么，就即刻起程吧。快来到一幅画中，做画中的美景。普立在等你，等你入画来！

# 月影摩梭情

曾有一段日子，铺天盖地的杂志媒体像发现了一个新大陆，一个叫杨二车娜姆的摩梭族女孩从大山深处走来，向世界掀开了一角裙裾。一个与众不同的民族——摩梭族，一个美丽绝伦的湖泊——泸沽湖便惊现在世人面前。他们戴着面纱，神秘地站在那里，保存完整的母系家庭对外界充满了原始的诱惑。不等他们莲步轻启，满世界就欢呼而上。

汽车在崇山峻岭之间颠簸，山路弯弯折上折，一惊之后一险来。时时都有前面路面坍塌的报告，然而这些都阻止不了一群人热衷的向往。六个小时之后，小心翼翼的心像白鸽一样被放飞了。

人们兴奋地从旅游大巴上下来，见识了西湖大家闺秀的范儿，眼前突现一泓小家碧玉精巧灵秀的湖泊，顿时有些惊为天人的绝美。它以一种“养在深闺无人识”的婉约，以一副“北方有佳人”的倾国倾城貌让人措手不及，恨不得立刻揽入怀中，“从此君王不早朝”。

清澈的湖面没有一丝污染过的痕迹，湖水清彻见底，能清楚地看到鱼儿游乐的身影，一群群，一排排，叫不上名字来，却能深切地感受着它们的快乐。湖岸边的小石头被湖水冲洗得很干净，细细碎碎，如米粒般大小，随手抓起一把，心中喜悦顿生。把鞋子脱了，尽情在水里嬉戏奔跑着。亲近着感动着这些最原始最自然的美丽风光，久久不想离去，好想在这里建一间小屋，过着打鱼狩猎的生活，在天地湖水之间慢慢终老。

这是一个滋生浪漫的地方，湖岸边的两棵树亲密地挨在一起，共迎风霜雨露，它们被称为情人树。湖面上开着的白色小花，叫水性阳花。因此花只开在阳光下而得名，没有太阳的时候，花瓣就紧紧地包裹起来。两棵遥遥相望的树，叫作走婚树。似乎天地万物的命名都与摩梭人走婚的民族习俗紧密联系着，让人幻想，让人留恋。

同行的导游是个摩梭族的小伙子，头发略微卷曲，皮肤轻度黝黑，朴实淳厚的好孩子模样。他把我们直接领到了他的家里，让我们感受最真实的摩梭人的生活。在杨二车娜姆的笔下，许多人都会认为他们是一个太自由的民族，可以随便和别人走婚。事实上，当我慢慢地同当地的艄公或是年老的人交流，了解他们的民族习俗之后发现事实的真相竟然与传闻大相径庭。

摩梭人在十三岁的时候行成人礼，男孩子可以腰上佩刀，女孩子有了自己的花房。成人以后的男孩可以同自己心仪的女孩走婚，生下的孩子都跟舅舅。即使是将来不在一起了，也不存在分割财产、抚养孩子的问题。他们的走婚是自由的爱情，不以物质为基础，但同样受本民族传统道德的约束。没有孩子之前，你走婚几次都不会受到任何质疑，但一个阶段内也只能同一个女孩子走婚。爱情的纯洁，在任何一个民族那里都受到同样的礼遇。

划船的艄公很有趣，爱说话，爱唱歌。问他走过多少婚，在游客的一阵欢笑声中，他直言说走过四个，现在这个是固定的阿夏（情人）。其实，当走进云南的一些少数民族村寨里，会发现他们确定婚姻关系的过程是非常人性化的，并不以贞洁或是物质作为衡量的尺度，只讲情感与和谐。在我们称为爱情的天堂里，他们一直是坐上宾。

祖母是摩梭人至高无上的权力代表，房屋正中的那一间就是祖母屋，它是一个家庭生活的中心。祖母屋里有两根柱子，一根是男柱，一根是女柱。三道错着开的门，并不在一条直线上。第一道是大门，第二道是祖母房门，第三道是生死门。我们从第一道大门走进去，在祖母门前驻足观望，听这个叫扎西的小伙子给我们讲解他们的民族习俗。第三道门神秘地紧闭着，摩梭人出生和死亡都要通过这道门，摩梭女人生孩子在这里面，摩梭人死了也在这里面，逝去的人要双手抱膝，做胎儿在母腹状，让他（她）回归自然，象征着生死轮回。

摩梭人一个庞大的家庭都很团结，没了婆媳、姑嫂、妯娌的复杂关系，一家人亲密无间，所有的收入交由祖母支配。祖母的火塘里燃着永不熄灭的火焰，那是摩梭人的希望，是他们心中的图腾。

一直感叹杨二车娜姆的勇敢，她从那九十九座山的背后走出来了，成就了自己的辉煌，实现了自己的价值，也让世界知道了摩梭人，她无愧于是摩梭人的文化大使。她的家门口赫然写着“摩梭文化大使杨二车娜姆的家”，我们前去拜访，并同她的阿舅合了影。杨二车娜姆的人生宣言“长得漂亮不如活得漂亮”一直是我最喜欢的，洒脱得如同她毫不做作的笑靥，哪怕她被称为红花教主的那些别在头上的红花，在我看来也是自然的，如同风吹过泸沽湖面时的涟漪，别致美丽。

提起杨二车娜姆，无论是导游还是当地的居民，对杨二车娜姆都颇有微词，摇头说她伤风败俗，一点不羡慕，倒有些不齿之感。指责说她怎么能同外国人去走婚呢？并不以她作为他们本民族的骄傲。对于一个民族沉积下来的一些习惯或是看法，我不好去评说什么。每个人的心中自有一把尺子去度量深浅，杨二车娜姆有她自己的生活方式，她的父老乡亲们也有自己的生活方式。但有一点应该记住，没有杨二车娜姆，就没有泸沽湖今天的旅游热。

泸沽湖的日出很美，湖光山色间，一轮红日从山的那边落进了湖面，在云层的簇拥下惊艳无比。西山的顶上，居然还挂着一轮明月，日月相辉的画面，恰好挂在两棵树梢，美丽之极。猪槽船载着游客划过湖面，一片动人的美景入镜来，随手抓拍都有无可挑剔的美。这是一个让人忍不住想唱歌的地方，游客们在艄公的带领下纷纷对歌，湖面一片清脆响亮的歌声响起，多么美丽的早晨啊。

夜晚的泸沽湖很静，静得想找一个人犯些美丽的错误，黑暗笼罩着的神秘，让人思绪翩翩。时起时伏的歌声传来，细听，正是阿哥阿妹对歌来，又一个美妙的爱情诞生了。

摩梭人的酥梨麻酒还在我舌尖上回荡着香醇，我就要匆匆地与泸沽湖说再见了，忍不住又一次回头去看看她美丽的身影，是晴是雨都是那么的天然美妙。泸沽湖也许就是仙女眼中掉下的最后一滴泪，晶莹纯洁，坚定而决绝地落在高原上，化作无瑕的明珠，照耀着南来北往的寂寞和相思。

# 不是美女的自白

我的家乡宣威西泽是以美女和白糖而著称的地方，因其山水灵秀，风景优美而闻名，素有“城市后花园”和“宣威小江南”的美誉。我常常因为生长在这样的地方而自豪，却在提起西泽美女时，心中掠过几丝自卑。随即又把自己比作绿叶，以能衬托红花之美而得意。

事实上，我对此事一直是有些介意的。原因是在别人问起我的出身时，难免会在神情中找到些许失望。我知道这大概是由于自己的长相没达到别人的预期而引起小失落。为此，我曾对我的母亲有些微词，总是嘻哈着抱怨她为何偏心眼把妹妹生成美女，却给我如此普通的相貌，甚至要去嫉妒花暮之年的母亲容颜也还如此美好。

母亲总是左右端详着我，然后质问我对哪里不满意。当我把自己从上到下地数落清爽以后，母亲火辣辣地扔下一句话，她说：“又不是用面做的，想做成啥样就做成啥样。”然后，母女俩笑成一团，如果妹妹也在，这敢情就更有趣了。因为这妞无论有多少人说她漂亮，她也依然对自己的长相毫无自信。我们看着镜子里的自己，再看看对方的脸，总觉得对方远比自己更漂亮。

当然，这并不是我们姐妹俩的谦虚，而是一种从小所受的相同教育里一种叫作自知的东西。我常常认为，对于一个女人来说，自知远比自信更重要。如果一个人缺乏对自身最基本的认知，那么就会盲目地判断许多事物，让人贻笑大方。所以，我的妹妹从来没有通常美女身上的骄傲和高傲，她一直如一个成熟的稻穗那样，喜欢低头寻找自己的位置。

而朋友们每听到我说自己长得不漂亮时，总是要觉得我与虚伪太接近了，甚至要怀疑我的动机是为了得到别人的肯定才故意说的。我知道是因为她们爱我喜欢我，才觉得我是顺眼的漂亮的。事实上，我只能算是个五官端正，身材匀称的女子。与丑陋无干，与漂亮亦无关。但菊的话我是信的，她说，起初，我是不起眼的，越是相处越发觉得我那么顺眼，甚至那么漂亮。这大概是一种叫作眼缘的东西吧。有的人，即使貌美如花，也定然入不了法眼。既是朋友，必然物类相聚，惺惺相惜，便少了许多挑剔的眼光。所以，我才是美好的，她们亦是美好的。

一直认为女人的美貌远比才华重要多了，所谓心灵美不外是为了安慰相貌平常的女子而生的。事实上，没有人愿意花更多的时间去了解一个平常相貌下的美好心灵。于是，美貌就成了女人的一种极致向往，所有女人在有条件的情况下，都愿意把自己打扮得漂亮些。西泽美女的市场，即使在信息不通达的过去，也一样被流传久远。除了得天独厚的山水自然环境以外，与西泽美女对美的追求也分不开。曾见过许多这样的风景，一根拐杖旁边依然坐着一个干净整洁的老女人，耳朵上或是手腕上还戴着一些并不值钱的银首饰。她们即使忙碌一辈子，也不愿意放弃对美的追求。三分长相，七分打扮，造就了西泽美女的美名。

曾听到有一个男人夸耀他老婆，他很自豪地娶了一个西泽美女，并处处宣扬说：娶个西泽姑娘，就是种棵白菜，也比别人的地里高出半指头。这句话除了赞扬西泽美女的外表以外，还隐含着对西泽美女勤劳的美德。于我来说，这是一种更入心的赞美，它让我找到更本质的美。至今，常常有人跟我抱怨说去西泽多次，却很少见到美女。在如今的潮流下，又会有多少村姑安然地待在家里浣衣种菜呢？若是到了春节时，举目望去，处处是顾盼生辉，打扮时尚的美女。就连我离家时还玩泥巴的妞妞们也都长成了水灵灵的大姑娘了。一方水土养育一方人的话，我在自己生长的这片土地上找到了些印记，美山美水必然出美人！

可是我知道尽管我生长在美女频出的西泽，也依然改变不了我不是美女的事实。但我深深地懂得“腹有读书气自华”的道理，也明白“相由心生”的人生轨迹。开始要对自己后天的长相负些责任，所以，不敢过早地放弃自己，坚持从外到内修塑着，锻造着。一年一年地过去了，忽然某日发现脸上的青春痘不再生长了，竟然有人说你比从前更好看些了。起初，我对这种貌似假意的应付是不在意的，说的人多了，倒当真起来了。

屡屡听到同样的话，我居然可以自信地对他们说：“心灵美是会长出来的，你们要等得！”当书香、茶香、花香慢慢入侵到骨头的时候，一个女人的气场就发生了改变。即使相貌平平，它也能散发一种不同的味道。我慢慢地学会了悦纳自己的长相，并时常敢于主动调侃。我想，这是我真正自信的开端。所幸，岁月这把杀猪刀，它没有鲜血淋淋地追赶着我，让我华发早生，皱纹茂密。在我的脸上，它一直如西泽流淌着的清澈小河边上温柔吹过的风，轻轻缓缓，绵绵长长。

朋友中美女甚多，常常揶揄她们说：“长相与智商是成反比的。”更或者在美女与才女众多时，也敢大张旗鼓地说：“长得漂亮的没我有才，有才的没我漂亮。”如今，都成了我们说笑的资本，时时说起都有演绎。然而，最认同的道理一直都是：“长得漂亮不如活得漂亮！”

如今，我成了一个快要老去的熟女，更加坚定地认为，无论我是不是一个美女，都已不再重要。重要的是我除了自尊自爱自立自强以外，还能自信自恋自知。那么，即使有一天我已经老得面容枯萎，头发花白，我也会是一个美丽的老太太，拥有着与众不同的魅力与气场。此生，将在这样的信仰和信条里，等着自己慢慢蜕变成真正的美女！

# 正是山花烂漫时

这是一个倦怠的春天。任飞鸟与风筝在空中舞蹈，任扬花与春光争美宠。心如槁灰，一直深居在冬天里。莫非是某日听到杜鹃花开的消息，想起那漫山遍野里尽是花的世界花的海洋的美景。才有些心驰神往之意，蠢蠢欲动之间竟开始有些坐卧不宁。

去年此时，面对花海，心中除了想起中学课本里背诵的“白的像雪，粉的像霞……”的语句来，再无妙语。眼里是惊讶，心里是欣喜，被美征服过的心灵再无旁骛。潜心地徜徉在花海里，有高歌一曲的冲动，无论五音高低，山中传来释放的快乐。

徘徊了些日子，正欲呼朋引伴蠢蠢而出，却传来远处的杜鹃花凋谢的消息。仿佛只是一周的时间，我对春天的念想就断绝了。依旧蜷回蛰居，继续我散淡平静的时光，借着一根网线，捡拾些合意的章节，填补一点空白的时间。岁月如此，也算是静好。

昨夜下过细雨，推开窗子，迎面的清新挡也挡不住。夫君不忍我蜗居在家，欢喜地提议出门，说正是近处杜鹃花开时，要带我去爬美奂山。

美奂山不是一座高高的山，最多算作高一点的丘陵，不知是谁取了个这么别致优雅的名字。后被政府开发成广场，种上诸多花草林木，成了一个休闲游乐的好地方。因杜鹃是本市的市花，从山底到山顶就种了很多杜鹃花。此时节，正是杜鹃花开时。

远远地，我就看见满山映得通红，心一片欢喜，直怨自己不早早地来。山的这边，那边，团团簇簇的花朵迎风怒放，空气中带着一点点潮湿，风缓缓地吹过，新出的太阳正温柔地抚摸着花朵，蝴蝶与蜜蜂正忙碌地穿梭于花丛中。一拨拨游人从这边到那边，有孩子们的欢笑声，有相机的咔嚓声。山下的湖泊里，波光潋滟，杨柳依依，高楼映在水里，如一个真实的美梦，触手可及。

忽然从山的另一边传来一阵悠扬的琴声，伴有人在高声歌唱。循着声音而至，见两个老人正在怡然地弹着唱着，游人从他们面前经过，仿佛他们也是这美景中最自然的一部分。我如一个未经世事的孩子一样，睁大好奇的眼睛凑上去，在他们唱完时不禁鼓掌而鸣，连连说好。两个老人的脸上也堆着笑，他们把快乐传递过来，而快乐在我这里被延长了。

面前的石桌上还摆着一捆翠绿的青菜，人间烟火与风花雪月在这里举案齐眉。听老人缓缓而言，老人说再怎么权力在上，再怎么腰缠万贯，人生也只是一个短短的过程，不如不争慕什么，把每一天过得怡然心安些。于是，两个老人就每天在这里弹唱了。我也忍不住高歌了几曲，终不如老人唱的那样自若舒张。

我知道我是心中放不下的人，就在刚有几个游人朝这边张望的时候，我就想是不是我唱得不好，扰了他们的清静呢？转念间又觉得自己快乐没什么不好。这样一种对人对己有所顾虑，在患得患失间难以把握的人，是无法做到神态安闲自若的。修行就是修心，我且修心去。正在苦思冥想间，其中一个老人拿起桌上的青菜说锅还在火上炖着呢，匆匆走了，留下一个快乐的背影。

在悠然中爬到山顶，在烂漫的山花间留下美的见证，纵是低头抬头浅笑翘手，都无法比得上这纯天然的山花，全是自信倾心的美。置身在如此美好的景致中，忘记了时间的流转，心里生出的尽是留恋。举目而极，这蓝的天，绿的草，高的树，鼻沁花香，耳闻鸟语。此良辰美景，若非天上才有？却是人间山花烂漫时！

# 阅读让人美丽

在物质生活富饶的今天，不少人曾不停地拷问过自己，该如何安放心灵。先哲伊壁鸠鲁曾说过，幸福包括身体的安宁和心灵的安宁。我们在不知所措之间，找不到一个可以安放心灵的容器，以致我们常常焦虑、虚空、不安、惶恐。

在又一个世界读书日之际，宣读一遍读书日的宗旨：希望散居在全球各地的人们，无论是年老还是年轻，无论你是贫穷还是富有，无论你是患病还是健康，都能享受阅读的乐趣，都能尊重和感谢为人类文明做出巨大贡献的文学、文化、科学思想大师们，都能保护知识产权。

忽然之间有了一种对生活的怔悟：众里寻他千百度，蓦然回首，那人却在灯火阑珊处。原来，摆放在我的书架上、沙发上、桌子上，甚至卫生间里的这些随手可即的书本，它们是为了安抚我的灵魂，增长我的智慧而来呀！让我欲罢不能的不是金钱珠宝，不是功名权势，而是这些数千年以来，让人类进步的梯子——书籍！我正是踏着它们，一天天营造着生活的美好。

闲暇时光里，阅读是精神生活的重要入口，它带领着我们看成败，鉴美丑，辨得失，明是非。在蓦然之间，会有“夜来一笑寒灯下，始是金丹换骨来”的智慧启发，也能激发出“天行健，君子以自强不息”的浩然之气。关于思想的蜕变，关于精神的成长，从来没有哪一样离开过这些书本。

一个人的认知有限，而书本会是获取知识最廉价的方法，“书中自有颜如意，书中自有黄金屋”。我们在书本中汲取对自己有用的东西，形成对世界的客观认识，在书香墨香的浸染下，经过岁月的历久弥新，会化作一种叫作气质的东西。在举手投足之间，散发出迷人的味道。即使是一个长相丑陋的人，那也一定是丑得那么不同寻常，那么别有味道。它构成一个人的气场，能吸引一切积极阳光正能量的东西。

世界上最爱读书的民族是犹太人，他们人均每年读书多达68本。犹太人有个习惯，在孩子出生时，母亲会在《圣经》上滴一滴蜂蜜，然后让孩子去舔，让孩子从小就知道书是甜的。书里藏着智慧，这远比黄金珠宝贵重得多，而智慧是任何人都抢不走的，这是“千金散尽还复来”的秘密武器。所以犹太人要求自己的孩子即使是火灾来临，最先抢救的永远是书本。

如果你是个细心的人，你会发现一个有趣的现象，比如多年未见的同学，即使她当年身为班花校花，如果她一直不爱读书，不注意自身内修，岁月只会给她留下一脸俗相。倒是那些年一点不起眼的人，经过不断的学习提高，不断的阅读积累，她的身上必然留下与众不同的气质。阅读，它能让人更加美丽！

都说一个人要为自己后天的长相负责任，二十岁前的长相是父母给的，二十岁之后的长相是自己修炼的。那么，就让我们来做一个热爱阅读的人吧，把我们内心隐藏着的和善、温良、恭敬、美好，慢慢地长到我们的脸上。即使有一天我们很老了，我们也会是一个美丽的老人，当有一个人从我们对面走来，他能目不斜视地朝着我们直线走来。

# 与酒缠绵

我记得小时候我是讨厌酒精的，那种辛辣刺鼻的味道，唯有母亲可以担当，而父亲是滴酒不沾的。母亲去街上打酒，尝一口就能品出度数与质量，我一度对母亲这种豪放的做派有些不以为然。倒是父亲，每每说起总有自豪尤甚的感觉。

家里来了客人，尤其是父亲的表兄弟们来了，总是母亲陪着他们大碗地喝酒，欢声笑语连连，融洽的气氛让小小的山村显得格外美丽。而在我的印象中，母亲没有喝醉过，这让我对母亲的感情总是敬佩多于热爱。

我曾想着长大后要做一个安静文雅的女子，不大声地说话，不大口地喝酒，一定要举止优雅，衣着得体，像电影里的英国淑女们。事实上，我的骨子里秉承了母亲的天性，我一直不大喜欢的东西却深深地长进我的身体，比如喝酒这件事情。

那时年少，经不起一些言语的刺激，从不沾酒的自己端起酒杯一饮而下，半斤的酒量收入肠胃，竟是没有醉的姿态。父亲一听到这样的事情，急匆匆地赶来。当他看到自己的女儿除了脸上的红霞外还安然稳坐时，他叨着烟斗笑盈盈地站在门口，仿佛我又成了他骄傲的对象。

我第一次知道自己身上隐藏着的潜能，我居然是个有酒量的女子。而这种意外似乎早在母亲的意料之中，当她听到自己的女儿也如她海量时，她一点都不惊讶。当我在婚后第一次醉酒，被夫君告状时，我的母亲泰然地说，小事小事，我有时也会喝醉。自此，夫君再不敢认为女人饮酒是多么罪不可赦的事。

其实，我并非是一个贪杯的人，只因性情率真，遇上同道中人，相谈甚欢之间，总要频频举杯，似乎唯有在一杯酒里才可以把自己满满的情意表达。在不知不觉之间，已是醉眼蒙眬。我只是奇怪自己每一次都可以支撑到进入家门，倒在夫君的肩膀上任他打理。他帮我拍背揉肩，伺候我喝蜂蜜水，连哄带吓地让我下次别再喝了。我每次总是虚心地接受，下次总是坚决不改的样子。

当医生向我宣告我不能喝酒时，我竟然说，若是没有酒，我的生活将失去多少色彩。我的话让医生以为我是重度酒鬼，并说哪天要与我喝一回，他好像忘记了他刚才郑重其事交代过我的话。酒真是好东西！我从医生闪亮的眼睛里再一次印证了酒的魅力。

其实，很多时候，我只是为自己的苦乐找到一种宣泄的出口。而酒的出现，一定是一种必然。抛开遗传的基因，我也甘愿坠落在酒杯里。这就是为什么我读到李白的诗句“两人对酌山花开，一杯一杯复一杯，我醉欲眠卿且去，明朝有意抱琴来”，心中顿时涌起一种对自由和快乐烂漫情怀无限向往的原因。

只要生命中一直不能舍弃的率真性情还有存活的理由，我就情愿迷恋一杯美酒，白酒不能喝了就换上啤酒，啤酒不能喝了就换上红酒吧。我固执地热爱着酒，这就像我热爱着生活的真善美一样，我单纯地追求它们，已成生命中无法割舍的情怀。在累了烦了苦了乐了的时候，只要我一抬头能看见阳春白雪，看见美酒鲜花，我就坚信世间一切美好。

# 叶的归宿

花与叶，当是这个世界上美好的极致表现，一个绚丽多姿，一个静中生美。花的语言是多彩的，每一种花的身后都有无数可以赞扬的篇章，而叶，似乎只为了衬托花而来。顶着奉献的美名，从春天的嫩芽。到秋天飘零的叶子。朴素而平常地存在着，我们欣赏着，也忽视着。

花，是千金的躯体，无论何时，都有尊贵的待遇。而叶，有时，它就是一种垃圾。可以高雅地说，化作春泥更护花，零落成泥碾作尘，但无可避免的是，在城市的街道上，有时，它只能作为一种垃圾存在。不管是枯败的大叶梧桐，还是金黄美丽的小叶银杏，它们将被一一清理进垃圾场。

这几日，天高云淡，冬日暖阳，高远蔚蓝的天空下，街道两旁的银杏树在几阵冬雨的洗礼下突然变醒目起来，金黄璀璨美得揪心。我刻意地放慢了行走的速度，一片有着美丽纹路的叶片扑进我的怀里，这是一张多么好的书签呀。我欣喜地收藏起来，拿着手机拍呀拍，总想把这些美好收藏，然后晒出去，让更多的人看见它们。

呼啦啦发在微信圈，居然有省外的朋友回复说，堪比额济那旗的胡杨林。我没去过额济那旗，但胡杨林的美曾经以图片的形式彻底地征服过我。没想到那样的美就在我的身边。真是应了那一句生活中不是缺少美，而是缺少发现美的眼睛。

正当我为自己拥有发现美好的眼睛而得意时，才一个夜晚的时间，那些金黄色的银杏叶片像是被人掳去，光秃秃的树枝沉默着。我从街的这头急速行驶到那头，终于，我看见一个环卫工人手里拿着根长长的杆子。她正在努力地把那些美丽的叶片打落，然后好一次性清理了。

我停下车来，以一种商量的语气对那个大姐说，以后能不能别打这些银杏叶片了，让它自然地飘落下来，然后再打扫。大姐起初以为我是来检查工作的，有点受惊的样子，听我说完话以后，她说，这些叶子都是些垃圾，她想一次就扫了，多省心！主要是害怕检查卫生的人来了，看到街道上有没扫干净的叶片，要扣分的。卫生评比结果下来，领导就不高兴了。

她一脸的诚恳，让我感到自己的卑微。我仅仅是为了感观上的愉悦，而她是为了工作，说到底是为了生计。我又有什么资格去要求她呢？她只为她的工作负责。尤其听到她们说，在银杏落叶的这些天，她们连午饭也不能回去吃，要等着一阵阵风经过，然后一遍遍地清理干净。她们在烈日下，吃着简单的能填饱肚子的干粮，满面烟火的颜色，我忽然为我去追寻的美好而感到罪恶。

落叶，在诗人的眼里是多么美好的意境呀。无数美丽的词语由它们而产生，落叶的飘舞画出一道道从秋天到冬天的轨迹，季节的变幻从一片片叶子里感知。

忽然想起一句有哲理的话：垃圾是放错了位置的宝贝！再怎么美好的东西，在不懂得欣赏的人眼里也是垃圾。美与不美，有时只是一种心理需求，在不需要它的人眼里永远不会成为风景。

# 愿随百鸟，再到湄江

在心灵的某个地方，总有一扇窗为你打开，它们有可能是一山、一水、一点、一滴、一字、一句、一人、一城……人们依靠一种叫作缘分的东西，不辞辛劳地从此地抵达彼地，醉心于不同的山水草木，痴迷于由这些山水草木阐述出来的人文情怀，以一种行走的姿态不断拓宽视野、超越自己。从对一座山的仰慕到对一条河的钟情，或者小对一座城的留恋到对一个人的思念，总有些风景或是际遇能让人久久难忘。

贵州的湄潭县是离我很近的一个地方，从地图上看，只隔着一个拇指的距离。也许在某个周末我就能轻松地完成一次对它的拜访。然而，近在咫尺的许多地方，若不是因一种机缘，倒像是远在天涯的距离。

这一次随着中国国土资源作协采风团来到这个美丽的地方，忘情地行走在湄潭的山水之间，留下许多欢笑，甚至留下许多热泪。

在“文军西征”的历史上，这个叫湄潭的地方，在那些艰难困苦的年代里，以包容大度的胸怀接纳了在战火中流亡西迁的浙大师生们。那时，口粮还是生命线；那时，衣衫还是奢侈品。浙大的师生们一路西迁的路上，所到之地，处处嫌弃他们占了有限的生存资源。只有湄潭人民，张开热情的双臂欢迎他们的到来。他们从七星桥上走过时，许多人流下了感动的泪水，“回家”的感觉让他们备感亲切。

此后，浙大的师生们在此安居七年，与湄潭人民共饮一江水，同喝一锅粥，育才之花开遍湄江河畔，处处留下他们好学上进的影子，为共和国培育了诸如竺可桢、李政道、王淦昌、苏步青等诸多栋梁之才。他们的名字是人类文明进步的梯子，永远不会被历史遗忘。浙大的师生们反哺湄潭人民的贡献之一体现在茶叶种植栽培上。正如师生们所言“杭州天然美，湄潭亦天然”，这片适宜种植茶树的土地上，他们在这里播撒了希望。

浙大的师生们也许没料到多年以后，在贵州的高山流水之间，一片没有平原的土地上，在湄潭这个地方会出现一片海。当然，不是所有的海都必须波涛汹涌，但一定是波澜壮阔。一山又一山的绿，似一片又一片的海，在沟壑纵横之间碧波荡漾，连绵起伏，有万顷绿涛呼啦啦直逼眼底。除了叫海，那又能叫什么呢？一片片茶海绵延至远处的天边，采茶姑娘们戴着七彩的帽子，开出一朵朵美丽的浪花。

湄潭的人民，以一生只等一壶茶的姿态诗意地栖息在这片山水中，他们悠闲、缓慢、舒适、不争、不惊，从容而优雅地品着一壶醇香的茶，参出禅意，悟出深道。号称“天下第一壶”的实物塑造矗立在高楼顶上，成了湄潭的一种地标性建筑，也彰显着湄潭人民的生活态度。

湄江河静静地流过湄潭县城，在垂柳依依处低眉，在长亭朗朗处顿足，江上隐隐的歌声里收藏着时光的味道。这条河，分明还是浙大师生们体育教学的工具，女学生们害羞的脸庞映在河里，河岸上老百姓的目光从惊诧慢慢变为赞赏。见过什么样的世面，成就什么样的胸怀。从此湄潭人就有了一种气度，它大于接纳，但

永远不会止于一种包容。

多少情意飞在眉间，多少喜悦爬上眉梢，湄江的水柔情千年，似一道弯弯的女儿眉，遇见痴情郎君，从此坠入爱的深潭，百年相拥，和合美好。就连仙人张三丰看到如此美景也四顾失神，一不小心让他的酒坛落入湄江河中。它以醉的姿态，倾斜入江，江水似永不干涸的美酒，流进千家万户，醉了客人，醉了主人，只留得冰心一片在玉壶。

湄潭的酒，因沾了仙人的气息而变得更加醇香美妙，而湄潭人总是谦逊而有礼地说，随意尽兴就好。从浅浅辄尝，到迷离醉眼，只是一双真诚的眼到一弯笑起的眉之间的距离；从尽兴就好，到欢颜开怀，也只是一杯茶到一杯酒之间的距离。所有的相逢与离别，就不折柳吟月了吧，许一壶茶，再许一壶酒，就够了。

在慢下来的时光里，拨开云雾，身入湄潭的山山水水，去做一回醉了的仙人。去百面水的桥下放歌，一座连着一座的天生桥，又岂止是二十四桥明月夜能诉说清楚的情怀。桥上连着天和云，桥下连着水与山，每一个到达的彼岸，都有桃花源里别有洞天的美景，小船弯弯载我们过了一桥又一桥，只愿时光在幽幽的歌声中停留，再停留。

去乌江天险漫游，壁立千仞，江纳百川，江水湍湍，水鸟悠然，两岸的风景像一幅幅移动的画卷，这边雄奇，那边险幽，一道道，一弯弯，满目皆是惊叹。掌舵的船家姑娘正巧又是当年红军强渡乌江时老船工的孙女，一切像是历史的安排，才让想象有了穿越的翅膀，乘着风浪，直渡乌江天险，重温伟大的时刻。

累了，乏了，再泡一壶湄潭茶，茶的品种任你挑选，有驰名中外的“湄潭翠芽”“兰馨雀舌”等，也有湄潭百姓自家制造的小锅茶叶。在舌尖上你品出春天的味道，品出夏天的味道，品出一个异乡人想家的味道。然后，一个人安静地走在美丽的湄江河畔，任思绪飘扬，任时光老去。华灯煌煌，而我心似明月，只想以一弯柳眉的样子泡进汤池里，仰望遥远的星空，醉听袅袅的歌声。

江南，一直是文人心中一个美妙的梦，多少人曾不吝笔墨地书写过江南的美。而在湄潭，我却恍惚间到了江南的美景中，无论烟雨蒙蒙，无论黄沙碧海，这里仿佛就是天堂。数百年前刘伯温曾预言："江南千条水，云贵万重山，五百年后，云贵胜江南。"如今，有"黔北小江南"美誉的湄潭不正是这种预言的兆头吗？

许多地方，到过一次就够了，而湄潭这个地方，是一个让人想留下来居住的地方。想留在樱花漫漫，茶园飘香的季节，去采撷宁静美妙的思绪，做一个安然自乐的采茶姑娘；想留在诗意禅味的壶里，做湄潭的一片茶叶，一滴美酒，留住客人，放牧自己。如果不能，只愿在梦里，随百鸟，再到湄江！

# 漫说山东行

20世纪80年代中期，云南的许多村落相继有了电视信号，一个高高的塔尖对准天空，再通过一个类似锅盖的接收器，电视就有了流动的画面。而我居住的小村却因为山高坡大，无法接收任何信号。村子里的人们一心要改变这种面貌，让每一家的夜晚变得丰富多彩起来。他们在村子后面的半山腰上盖起了一间小房子，小房子的顶上也有了个尖尖的塔。于是，电视开始走进家家户户，让村里人失望的是，家家的电视只能收到一个台——山东电视台。

远在千里之外的一个陌生地方就这样闯进了我们的生活，很快地，村里的人都喜欢上了这个电视台。除了“有总比没有强”这种情绪之外，更重要的是这确实是一个不错的电视台，除了有大人们口中的正剧和小孩子们喜欢的动画片以外，就连操着山东口音的那些节目也让我们觉得大有来头。另外一个世界的精彩总让我们大开眼界，就着屏幕下面那些字幕，我们准确地听懂了山东话，后来，连字幕也不用看，山东话对我们来说就像是故乡之外的第二种语言，听起来毫不别扭，并深感亲切。

看了许多年的山东卫视以后，我终于长大了。长大了之后，就会产生一些念想，这些念想包括将来要去青岛上海边的大学，要去荷泽看漫天遍野的荷花，还包括某天要是跟人私奔了，那也必定是个山东男人。山东男人高大、朴实、厚道，至少我能听得懂人家说什么，不至于把我卖了。彼时，常常都听到小姑娘被人贩子卖到浙江、山东、河北等地的消息。村里的大人常拿这个来吓唬小姑娘们，我们可不怕，其实我们主要是不怕被人卖到山东，那是一个多么熟悉的地方呀。

戏剧性的是，我竟然长成了山东人的样子，身材高大，性格爽朗。除了遗传基因之外，我想必然深受意念及环境的影响。每每走出云南，被人猜测原产地时，山东必然是首选。在我的骨子里除了深爱自己的故乡云南，也同样对山东怀有深刻的好感。然而，我又是在许多年后才得以抵达心中所想去的地方，即使是从青岛到济南，也时隔许多年。人对于故乡之外的土地，总是需要某种机缘才会去亲近它。

到一个地方，除了与人接触之外，更重要的是看看与故乡不一样的景致。青岛的海，一直是我梦中挥之不去的美好，我多么想在海边的一所大学度过我青春里最美的时光呀，这个愿望终是落空了，好在我的发小替我完成了这个愿望。当我在多年之后以一个游客的身份抵达青岛时，一段令人难以忘怀的时光长在记忆的深处，尽管那只是跟着导游走马观花的行程，也同样给我留下了许多生动有趣的画面。第一次见到大海，每一朵浪花都比山花更灿烂，为海水是咸的而激动，为海生物的繁华多样而激动，许多未知的东西迎面而来，处处都是惊喜跳跃的心。

又是许多年以后，终于有了一次走进济南的机会。济南，又将会给我怎样特别的心动呢？在飞机上，我闭目想象一些场景。最记得天下第一泉及大明湖畔的夏雨荷，前者的印象来源于教科书，后者的印象来源于一部红遍大江南北的电视剧。其余皆是一种零星的毫无感性的认知。我苦思着我将要抵达的地方，泉与湖的灵动究竟怎样让这座城市生动起来。

在接我的车子驶向济南的路途中，首先映入我眼帘的却是一树一树的杨柳，在微雨的秋天，呼啦啦地袭来，一挂挂绿色的帘子，倾城皆是婀娜风情，绰约风姿。许多树叶都有了秋天的意向，黄色和微黄色处处隐约可见，唯有这满树的杨柳，还绿荫荫地站在那里，站在自家的门口，站成我心中别样的风景。

然后，呼啦啦的杨柳深深地占据了这个城市的许多位置。在我的记忆中，从来没有一座城舍得这么豪华地让一种植物占领。自《诗经》"昔我往矣，杨柳依依"后，杨柳作为诗人心中的一种意向频繁地进入他们的视线。然而，如此奢华的阵容还是让我感到措手不及。济南的杨柳像是诗人们的眼睛，穿过美好，让他们到达深邃。李清照的婉约，辛弃疾的豪放，还有孔子、孟子、孙子……在一座叫济南的城中流芳千古。

如果说杨柳只是一种初现的印象，有点类似电视剧中片头插花，那么，接下来的认识就让我深陷其中了。山东作家吴文峰大哥带着我们穿过一座座楼，一条条街，领略了济南不同寻常的美。黑虎泉、白虎泉、趵突泉、珍珠泉，泉泉在我的眼底冒出源头活水，清澈如许，轻轻地叩在我的心弦上，举目垂手之间，皆是依依杨柳。坐在古意深深的亭子里，忽地生出许多豪迈，想把酒临清风，举杯邀明月。心中的酒化为汩汩流淌的泉水，而天上的明月正满时，银辉映着杨柳，耳畔忽有笛声传过来，诗意人生，概莫如此情景。

穿过古老的芙蓉街，在巷子的深处，泉水绕人家，有浣衣的姑娘，有夜泳的小伙子，更有喝着小酒聊天的大爷们，家家户户的门口都刻着一副对联，或是楷书，或是草书，步步有看头，步步有欢喜，处处是生活，又处处不是生活。文化被济南人刊刻在自己的门头上，就着岁月斑驳，和着轻风摇摆的杨柳，生活变成一种朴实的艺术，素雅地呈现在一条市井的巷子中。在小桥、流水、人家之外，还有杨柳、清风、明月，原来这些诗中的意向，就活在济南人日常的生活中。

此时，我才深刻地体会到描写济南的名句“家家泉水，户户杨柳”竟是如此的妥帖。还有那“四面荷花三面柳，一城山色半城湖”的大明湖，该是如何摄人魂魄呀。只可惜当时大明湖的荷花谢幕了，留得残荷一片，在秋天的阳光下，像是一段过期的爱情。杨柳深处，李清照才情翩然地向我们走来，她的溪亭日暮，她的暗香盈袖，她的帘卷西风从心而起，情不自禁默诵几首，竟生出些沉醉不知归路之感。追问她的具体居处，竟无定所，颠沛流离的人生，让人心生疼惜。抬头看看她高大的身躯，端庄的面容，敬仰之情油然而生，合掌膜拜，心中祈愿，愿得才情寸草，照得后来有心人。

我也如这些杨柳一样，呼啦啦地从济南的这条街走到那条街，接触了许多山东人，看了许多山东景，还依然觉得自己就真是山东人。用山东作家朋友堤云积的话来说就是山东大嫂，叫得我哈哈大笑，身心俱爽。无论是在青岛还是在济南，听着豪气生动的山东话，这些我从小就耳闻目染的乡情乡音，总是让我不由得产生些身在故乡的情愫，亲切而温暖。在酒店的电梯里，一个热情的陕西女人直接问我是山东哪里人，估计在她的眼里，山东女人大概就以我这种高大爽朗的造型先入为主。

匆匆就要与济南说再见了，想学着古人的做法，在长亭外，折一枝杨柳，与济南依依惜别。不想说再见，因为心中还想再见，再见山东的我耳熟能详的许多未到过的地方，再见山东的热情好客的朋友们。

# 杉木河漂流记

夏末的假日，我驾着小皮艇悠然地赏着杉木河两岸的秀丽风光，喀斯特地貌的风景线总能给人无限惊喜，令人目不暇接。小侄女像只温柔的小猫咪斜靠在我身边，她一路对鸟鸣，对猴跃，对游鱼保持高度的兴致。她的声音里的奶味儿让我有些陶醉，让我产生许多强大的保护欲望。母亲和姐姐在另一皮艇里，她们的笑声在水流的声音里若隐若现。儿子和他的父亲还在上游的岸边上挑拣着石头，这小子最近迷上了石头，但凡不一样的石头，他都在追问着它们的成分。在他的眼里，地球就是一个巨大的宝藏，只要他用心，他就能拥有开启宝藏的钥匙。

前面就是一个水流湍急的渡口，我听到许多惊呼尖叫过后的欢笑声。我的小皮艇轻松地顺流而下，浑身的快感在水里一波波荡漾。各种尖叫和欢笑在一个个渡口被一次次地复制着，人们无疑是爱上了这种刺激，操着南腔北调来到这里。这条河流的沿途有许多天然的障碍，也人为地设置了不少的障碍，它们的存在给这条河流增加了漂流探幽的趣味。

儿子的小艇慢慢接近了，一不小心，他从船上一个跟头栽了下来，水流卷着他的身体急急地向前流去，他拼命地想抱住途经的每一块石头，但潮湿光滑的石头让他一次一次地失败了。我惊呼，我大叫，我狂呼救命，无奈异乡的河流听不懂我的声音。就在他经过我的船头时，我本能地一把抓住了他的衣衫，将他拉上了我的小艇，一对惊恐的母子紧紧抱在一起。

他的父亲大笑着说，来吧，来吧，小伙子，你要勇敢些。他又上了父亲的小艇，他们唱着男子汉的歌把我们远远地甩在后面。天有些暗下来，乌云低低地压过头顶，天空丢下几滴雨星。一阵风吹过，太阳光又洒在河上。气温明显有些下降了，我四处想寻找一种可以温暖身体的物品。却发现除了挨着小侄女的身体可以得到些许温暖，别的都是徒劳。这时，我有些后悔选择在夏天快要结束的时候来漂流了，这种不够明智的举动在后来更加得到了验证。

前面是一个长长的水槽状划口，刚好够小皮艇经过，我看到一个抱着婴儿的妇女一脸惊恐地坐在岸边，一个男人正在尽全力把小皮艇弄正。我大着胆子顺流而下，小侄女发出高声的惊呼，她的欢喜和激动猛烈地冲击着我的耳膜。小皮艇重重地被什么东西颠覆了一下，我一下子沉入了水底，好在水并不太深，小侄女看着落汤鸡般的姑妈咯咯地笑了。

天色渐晚，风吹过我湿淋淋的皮肤，冒起几丝寒意。鸡皮疙瘩从我的脸上长到了腿上，小侄女的脸色也有些发青了，她不再兴奋，小猫似的想在我的身体上汲取些热度。所有的刺激到了这样的时刻就显得有些多余了，我渴望漂流的终点就在前方。河流过了一弯又一弯，还是没有尽头。甚至在前面或是后面都没有了别人的身影，我的心里掠过几丝恐惧。而我的小皮艇又不小心划进了一个深黑的洞口，石壁上的阴冷与我的心境是如此暗合。我害怕一种未知力量出现，把我们卷入一场事故。

我好不容易才把小皮艇弄了出来，终于看见前面有人了，长长地舒了一口气。心还没放置稳当，前面又出现一个急流而下的

渡口，只听到“啊”的一声，小侄女已落进水里。湍急的河水卷着她小小的身体顺流而下，我的大脑顿时一片空白。在无力的呼唤里，我触摸到了死亡冰冷的皮肤。我不顾一切地跳进水里，冲向她，把手伸过去。河水无情地把我从那个高高的地方推了下去，沉入深深的河底。而我，却失去了自救的力量，心中闪过一种念头，我救不了我的孩子，那就让我也沉入水底吧。

仿佛，我又听见了她的哭声。当我被一种无形的力量托出水面时，我看见了她，她正坐在河中间的一块石头上大声地哭着。我浑身的力量一下子被激发出来，以最快的速度游到她身边。她一把扑进我的怀里，哭得更厉害了。再要她上皮艇，她死活不肯，一直使劲地黏在我身上。我抱着她，哄着她，拍着她，却怎么也无法驱赶方才的恐惧。

雨渐渐地下了起来，湿淋淋的身体已不需要任何躲藏。我抬起头来寻找我的亲人们，我看见母亲拄着一根棍子正跃跃欲试地想涉水过河，便大声疾呼。她看见了我的狼狈，我看见了她的焦急。我绝望地看着湍急的河水，到处搜寻着儿子的身影。母亲说，他们一定是到终点了。而前面不远处，姐姐的小艇翻了个底朝天，小艇压在她的头顶上方，所幸两个游客及时赶来救了她。

我悲观地看着灰暗的天空，忘记了冷，忘记了痛，只有悲伤和绝望席卷着我的身体。我感到自己正紧紧地挨着死亡的躯体，它冰冷地躺在我的身边，我的每一寸肌肤都在被它的冰凉渗透着。

河中间的石头上停着一只鸟，一只受伤的鸟，它低低地飞过一块石头，停歇片刻，又试着飞过一块石头，终于飞到了对岸的草丛里。我看见了它眼睛里的恐惧和坚强，我甚至看到了死亡追赶着它跳跃的影子，他们一次又一次地触摸到了它的身体，它一次次地挣脱了他们。

这只鸟儿的出现，像是一个戏剧里含有某种隐喻的重要细节。我坚决地放弃了对这条河流的征服，带着母亲和小侄女果断地上了岸，并迅速找到一条小路。小侄女停止了哭声，但仍坚定地黏在我的背上，嘴里不断地重复着："奶奶，小心，姑妈，慢点！"她的惊恐与我和母亲赤足行走的艰难被脚下这条未知的小路一点一点丈量着，直到无限。

脚下的疼痛，让我清楚地感知我离死亡越来越远了。

不知过了多久，我听到了儿子的声音，恍若隔世的呼唤，我冰凉的躯体被一种魔力击中，受惊吓过度而昏死过去的灵魂一下子苏醒过来了。原来，他和他的父亲早已到达了终点。仿佛，前面就是我的家，我带着母亲不顾疼痛地狂奔过去。

# 袅娜人间绝世姿

见过牡丹的雍容华贵，百合的芬芳袭人，玫瑰的热情浪漫，认为天下最美的事物莫过于一朵花的盛开。唯独对一种神秘的失传名花——龙女花念念不忘，为不得一睹芳容而有几许惆怅。

山川历变，草木非昔。当龙女花的绝世身姿成为典籍中的珍藏品时，人们对它的想念成了一种言传意会的文本，活在诗里，活在白话里。

然而，某天，却有人说龙女花惊现宣威市东山顶，此种传闻不亚于七仙女下到凡界令人惊讶。在东山顶海拔 2700 米的地方居然有人发现了龙女花，且不止一株，而是十株。发现者是宣威市原副市长李启信，他一直致力于动植物方面的研究。许多同我一样的人对这种类似于新大陆的发现充满了期待，恨不能立即一睹花容为快。

在一个明媚的早晨，我们一行六人跟着李先生上山了。时值盛夏，至山顶时仍有几丝凉意袭来，葱茏的植被让人身不能挨近。李先生自有他的方法，他上山时总是随身带着工具，遇药挖药，遇草除草。我们延着他用刀披斩出来的小路，忍着被荆棘挂破的皮肤的疼痛，在一次次追问“快到了吗”的声音中，终于在他说“快看龙女花”时神经顿时兴奋起来。不顾怪石嶙峋，不顾风吹刺挂，狠狠地朝着那几株龙女花的方向移动。

一株，两株，三株……十株龙女花像失散多年的姊妹紧紧地围在一起，乳白色的花瓣包裹着深紫色的花蕊，清香不是，浓香亦不是，是一种从来没有闻过的奇特的香味，但比任何一款名贵的香水都有吸引力，闻之顿入心脾，再闻之心醉使然。

龙女花一直只闻其名，未识其香，百度对它廖廖数语：“龙女花又称上关花，属木兰科灌木或乔木，为珍贵的观赏花木。产于中国西南部山区，由于滥伐森林和过度采剥树皮，资源破坏严重，生态恶化，天然更新能力弱，成年植株绝无仅有，是国家级保护濒危珍稀植物。”

屈原在《离骚》中就有：“朝饮木兰之坠露兮，夕餐秋菊之落英。”宋朝大诗人苏轼在《前赤壁赋》中也说：“曾向木兰舟上过，不知元是此花身。”我对木兰科的花卉植物一直喜爱有加，唯有这龙女花，千呼万唤难见芳踪。

无数次地想象过这种花究竟美成何许样子，为何让无数文人墨客对它的玉貌风香爱不释手，就连一代帝王也把它奉为吉物，即使隐遁归去也要花不离身，并坚信有了它，就会一直拥有江山。

这里曾有一个著名的故事：

大理感通寺一位精通佛理、博学多才的叫法天的和尚，他深知百姓的疾苦，在经历了元梁王朝时期动荡不安的统治后，百姓更加向往安定的生活，希望一位救世的明君还百姓以安居乐业。出身平民的朱元璋横空出世正是顺应民心的归向，为了表示开国君主的景仰和崇敬，他为民请愿，携带一匹宝马，手持一株龙女花，带领众弟子远涉万水千山，风尘仆仆地到京师南京。

初来繁华之地的大理宝马，在锦衣玉冠之间竟然引颈长嘶，那神奇的龙女花仿佛听到某种旨意，徐徐而开，露出她冰清玉洁的身姿，白如雪，素如玉，香袭人。蔚为奇观的景象一时传为美谈，着实让京城的人大开了眼界。龙女花的美名初露端倪。

朱元璋隆重地接待了法天和尚一行，在皇帝看来，这意味着边疆民族地区对天朝的归顺和效忠。金殿上，法天向明太祖进献了龙马与龙女花，皇帝见到这株被大臣们纷纷神化了的龙女花，惊为天物，爱不释手，龙颜大悦。以御书《乘春诗二章》以赐，还命王公大臣作诗吟对，赐法天“无极”之名。从此无极和尚与感通寺名扬天下，龙女花荣登花魁。

为着这株绝世奇花，无数人慕名而来，留下了许多脍炙人口的诗篇。“风香时递云间信，玉貌谁传月下神。”“袅娜人间绝世姿，荡山高处影离离。”龙女花的绰约风姿呼之欲出，现代著名画家徐悲鸿游览大理清碧溪后，也曾留下“君欲思龙女，商量召洛神”之句，把龙女花与洛神相媲美。徐霞客、林则徐、杨升庵……无数达官显贵，名流商贾为龙女花留下了可考可据的记载，赋予了龙女花深刻的文化内涵。

清代《滇海虞衡志》曾有这样的记载：“龙女花，天下只一株，在大理之感通寺，犹琼花亦只一株在扬州……”事实上，龙女花从感通寺的一株开始，应是扩展到了大理的很多地方，才会有上关花花香十里的美景。然而，在经历了无数战火之后，感通寺的那株龙女花再也不复存在，就连城中那些由母体分离的小龙女花也全数失踪了。一种珍贵的名花就这样成了只活在传说中的天物。就连我们敬爱的周总理也曾关心过此花的下落，但它就像它的身世一样神秘诱人。

几年前，大理人在海拔3800米的峰谷中发现了一株龙女花，这让大理人兴奋不已，他们甚至成立了专门的协会。唯一让我意想不到的是，有一天在我居住的宣威，龙女花屈尊降贵，成了我们的骄傲。

失而复得的东西最是幸福的源头，为了这几株名贵龙女花，我狠狠地幸福了很久很久，想象过无数美妙的中国故事，它们如传奇般地惊现在我生活的这片土地上，这真是老天给我们的最珍贵的馈赠。

看着浩瀚的老东山上，处处生机盎然，举目望去，处处诗意美景，若是有一天，李先生培育的龙女花一株株长遍了适合它生长的东山上，花开时节，十里奇香袭人，处处暗香涌动，会不会又是“美盛哗于滇”的景象？